김기홍 1927년 3월 15일생

이 책에 실린 연구성과는 한국학술진흥재단(KRF-2005-078-HL0001)의

지원으로 이루어졌습니다.

한국민중구술열전 19

김기홍 金基洪

1927년 3월 15일생

박규택

20세기민중생활사연구단

눈빛

박규택 朴奎澤

하와이 주립대학에서 인문지리학 전공으로 박사학위(Ph.D.)를 받았다. 현재 영남대학교
20세기민중생활사연구단 연구교수로, 대구와 인접 지역을 중심으로 전통적 공업과 농업에
종사한 사람을 대상으로 구술, 사진 등 다양한 자료를 수집 · 정리하고 있다.
주요 논문은 「국가, 지역 공간에서의 일상적 생활 시간에 관한 연구」(2004),
「상주권 촌락의 자연, 사회 환경 및 주민 인식」 등 다수가 있다.

한국민중구술열전 19
김기홍 1927년 3월 15일생

편찬 총괄 ― 박현수

초판 1쇄 발행일 ― 2007년 9월 29일
발행인 ― 이규상
발행처 ― 눈빛출판사
　　　　서울시 마포구 상암동 1653번지
　　　　DMC 이안 상암2단지 506호
　　　　전화 336-2167 팩스 324-8273
등록번호 ― 제1-839호
등록일 ― 1988년 11월 16일
편집 ― 정계화·고성희·박보경·최지영
출력 ― DTP하우스
인쇄 ― 예림인쇄
제책 ― 일광문화사
값 7,500원

Published by Noonbit Publishing Co.,
Seoul, Korea
ISBN 978-89-7409-729-5

20세기민중생활사연구단과 '한국민중구술열전'

박현수

어느 시대에나 사람들은 자기 시대가 급변하는 시대라고 생각하였다. 그러나 20세기의 변화는 그러한 급변의 시대와 달라서 한 사람이 나고 자라서 늙는 동안에 자연의 변화를 느낄 수 있을 정도의 절대적인 변화였다. 이토록 현기증 나는 사회·문화 변화의 속도는 우리들로 하여금 '20세기민중생활사연구단'의 깃발을 내세우고 그 아래 모이게 하였다. 나날이 사라져 가는 가까운 옛날의 일상을 서둘러 기록하고 해석하여 민중생활사를 중심으로 새로운 역사를 구축하기 위한 자료를 집성하기 위함이었다. 소멸과 망각의 위기에 대처하여 지난 백 년의 민중생활 자료를 살려내고 이를 전산화하여 누구나 이용할 수 있게 하자는 것이었다. 우리 이웃의 일상생활을 중심으로 새로운 역사를 구성하면 역사는 민주화되고 한국 인문학은 새로운 바탕 위에서 새롭게 출발할 수 있을 것이 아닌가. 2002년에 조직된 우리 연구단의 목적은 여기에 있다.

우리가 걸어온 가까운 옛날을 잃어버린다면 우리는 그보다 조금 더 오래된 옛날과 분리되어 버린다. 풍경은 근경에서 원경으로 연속되어 전개되어야 완벽한 풍경이 되듯이 시간의 풍경도 원근법을 갖추어야 한다. 시간의 깊이가 보이지 않는 풍경은 촬영장 세트처럼 우리를 어지럽게 만든다. 가까운

5

옛날의 역사를 상실하면 의식의 필름도 끊기는 것이다.

가까운 시대의 역사 중에서도 친숙한 생활의 역사가 제 위치를 차지해야한다. 가까운 시대와 이웃의 생활사를 원근법에 맞춰 살려내는 것은 역사에기록을 남기지 못한, 역사 없는 사람들의 역사를 복권시켜 역사를 민주화하는 일이다.

문헌자료를 최고의 사료로 평가하는 역사학은 그 자료의 성격과 한계 때문에 가까운 이웃의 일상적 생활사에 접근하기 어렵다. 한국 고고학은 산업화와 개발을 위한 치다꺼리에 바빠 그런 이웃의 과거에 관심을 보이지 못하였다. 이제 새로운 주제에 대한 총체적 접근을 위해서는 새로운 자료들에 착안해야 한다.

기성 학문체계를 바탕으로 하는 학문의 울타리는 이러한 접근에 도움을주기 어렵다. 그 울타리를 허물고 20세기민중생활사연구단에 모여든 백여명의 연구자들은 이제껏 소외되어 온 역사학의 이른바 보조사료(補助史料)들을 재평가하여 중시하게 되었다. 거대한 경관으로부터 조그만 부엌 살림살이나 어린이 장난감에 이르는 생활의 물증(物證), 앨범에 간직된 개인적사진, 각종 서류, 이제껏 사료로써 이용되지 못한 문학작품 또 기록영화나극영화 자료 등이 유기적으로 동원되어야 한다.

특히 중요한 것은 형태가 없는 이야기들이다. 한 사람의 가슴과 머릿속의이야기도 몇 권의 책으로 엮을 만큼 귀중하고 풍부하다. 그러나 아무도 들어줄 사람 없고, 아무에게도 들려주지 못하고 세상을 뜨게 되는 것이 보통 사람들의 이야기다. 민중의 이야기는 역사 없는 사람들의 역사를 구성하는 기본자료일뿐 아니라 가장 풍부한 자료인 것이다.

흔히 역사 없는 사람이 살아온 이야기는 '생애사(生涯史)'라 불러 역사에 이름을 남길 만한 사람의 '전기(傳記)'와 구별한다. 문자 기록이 적거나 없는 집단의 역사는 에트노히스토리(ethnohistory)라 하여 문헌자료를 바탕으로 하는 '진짜' 역사, 히스토리와 구별한다. 이런 자기 문화 중심주의를 지양하지 않고서 한 걸음 나아간 역사 서술을 기대한다는 것은 어불성설이다. 문자 자료가 없는 사람들의 구술을 바탕으로 전기를 기록하는 작업은 구술자와 연구자의 대화다. 역사 서술의 주체와 객체를 통합하거나 아니면 적어도 접근시키는 일은 새로운 역사의 기본 조건이다.

역사는 항상 새로 써야 한다지만 역사를 한 번 쓰고 버릴 일회용품으로 생각하는 것은 역사허무주의에 다름 아니다. 희랍어 '히스토리아'는 원래 이야기를 뜻하다가 나중에 과거지사(過去之事)까지 뜻하게 되었다. 독일어 '게쉬히테'는 원래 과거지사를 가리키다가 나중에 이야기도 뜻하게 되었다. 같은 말로 표현되더라도 과거지사 자체와 이에 대한 이야기나 담론(談論)은 구별되어야 한다.

그렇다면 무엇이 중요할까. 고대 중국에서도 '술이부작(述而不作)'이라 하여 지어낸 이야기보다 사실 기록을 중시하였다. 사라져 가는 20세기 민중생활의 역사에 대하여 그럴 듯한 담론을 전개하는 것보다 생활의 역사에 관한 사실을 찾아내어 이를 기록해내는 일이 절실함은 당연하다. 마지막 잎새처럼 아슬아슬하게 남아 있는 민중의 일상 모습을 기록하는 일은 지금 아니면 도저히 할 수 없다. 그것은 이 시대의 시민인 우리가 하지 않으면 안 되는 일이다. 이는 역사를 남기지 못한 채 세계적으로 가장 어려운 시대를 살았던 사람들에 대한 최소한의 예절이며, 자라날 후손에게 뿌리를 보여주는 최소한의 배려다.

이러한 작업은 그 작업 과정 자체가 중요한 구실을 한다. 자기의 일생을 이야기하여 시대를 증언하는 사람과 이 이야기를 듣고 받아내는 연구자가 마주앉는 것은 개인의 역사를 사회의 역사 속으로 또 사회의 역사를 개인의 역사에 편입시키는 일이다. 이러한 과정에서 이야기를 펼치는 노인들은 커다란 심리적 만족을 숨기지 않는다.

본 연구단은 새로운 자료들을 '디지털' 방식으로 정리하면서 전통적 방식으로 사진전을 열고 사진집을 인쇄하여 간행해 오고 있다. 2005년 여름에는 이십여 명의 구술자료로 '20세기 한국민중의 구술자서전'이라는 큰 제목 아래 6권의 책을 엮어 낸 바 있다. 이어서 한 사람의 이야기를 한 권의 책으로 펴내는 '한국민중구술열전'을 계속하여 간행해 오고 있다. 앞으로 계속 간행해야 될 이 총서를 무엇이라고 불러야 될지 활발한 논의 끝에 '한국민중구술열전'이라는 총서명이 결정되었다. 후보 제목으로 올랐던 것에는 '우리 곁의 위인' '민중이 이야기하는 어제와 오늘' '이웃이 이야기하는 우리 시대' '이웃들은 어떻게 살아왔는가' '위인전' 대비(對比)열전' '대비구술열전' '진짜 위인전' '평범한 사람을 찬양하자' 등이 있었다. 이들 모두가 본 연구단의 지향점과 이 총서의 실체를 잘 보여준다.

이제껏 눈길을 제대로 받지 못한 가까운 이웃과 옛날의 생활 모습을 총체적으로 기록, 해석하고 또 온 국민이 이용할 자료집성을 구축함으로써 빈사의 한국 인문학을 구출하겠다는 연구단의 야심찬 계획은 이제 외로운 작업이라 할 수 없다. 한국학술진흥재단의 적극적 지원을 얻게 되었기 때문이다. 이 재단을 통하여 우리는 국민의 지원을 받고 있는 것이다. 우리의 작업을 도와주는 모든 이웃에게 감사의 말씀을 드리지 않을 수 없다. 〈20세기민중생활사연구단장·영남대학교 문화인류학과 교수〉

차례

서문

박규택

1. 만남의 전주곡

김기홍 어른(1927년생)을 만나는 과정에서 필자는 20세기 민중의 삶을 구제석이년서도 진솔하게 들려줄 수 있는 제보자를 선정하는 작업이 무척 어렵고, 많은 정성과 인내가 필요하다는 것을 알게 되었다. 2006년 연구단에 참가할 당시 필자는 일제시대 때 제사(製絲) 공장에서 일한 사람을 만나 개인의 삶 그리고 이와 연관된 사회·경제·문화·자연 등에 대해 이야기를 듣고 구술 생애사를 만들 생각이었지만 적절한 제보자를 찾지 못해 일을 더 이상 진척시킬 수 없었다. 대신 대구역 앞에 위치한 교동시장(양키 시장으로도 알려져 있음)에서 1950년대~1970년대를 살아온 사람들을 만나기 위해 여러 번 시장을 방문하여 상가번영회 관계자, 노점상인, 일반 상가 사람들을 접촉하였다. 한 번은 몇 평 남짓한 가게에서 오래된 전기와 기계제품을 손질하고 있는 나이 든 부부를 만나 '20세기민중생활사연구단'에서 하는 일을 짧게 설명한 뒤, 두 분의 삶에 대한 이야기를 들을 수 있는지를 여쭈어 보았다. 부인이 힘들었던 시절과 현재 교동시장 상인들의 어려움을 삼간 이야기를 한 뒤, "우리 같은 사람들의 아픔을 묻지 말고, 텔레비전 드라마에 나오는 서민처럼 특별한 이

11

야기를 직접 만들면 될 게 아닌가?' 라고 반문하던 모습이 지워지지 않는다. 또한 한 상인의 도움으로 육이오 때 남쪽으로 내려와 교통시장에서 자리를 잡은 뒤 지금까지 작은 가게를 운영하고 있는 할머니를 만나서 면담을 허락 받는 기쁨을 맛보기도 하였다. 그러나 구술 작업을 본격적으로 시작하려는 시점에서 제보자가 녹음기 사용을 거부함에 따라 허탈한 마음으로 일을 중단할 수밖에 없었다. 이후 교동시장과 인접한 북성로의 기계공구 거리를 다니면서 제보자를 찾던 가운데 관심을 갖게 된 것이 전매청 대구제조창(이하 전매청이라 칭함)에서 일한 사람들이었다. 이것이 계기가 되어 제보자 김기홍 어른을 만나게 되었다.

2. 만남과 구술

전매청에서 오랜 기간 동안 일한 제보자를 찾기 위해 우선 전우회 민완식 사무장을 통해 일흔 살 이상의 사람을 소개 받아 만난 사람 가운데 한 사람이 김기홍 어른이다. 그리고 전매청에 근무했던 많은 사람들을 접촉하면서 이론적으로 말하는 민중의 좋은 제보자와 고단한 삶을 산 현실의 일반 사람들 사이에는 큰 차이가 있음을 실감하였다. 대체로 사람들은 일반적인 사건에 대해서 어느 정도 이야기를 하지만 개인의 삶, 가족, 타인과의 관계 등 사적인 영역에 관해서는 의식적으로 회피하였다. 더불어 자신들의 아픈 경험들과 일상의 사소한 일들은 기록할 가치가 없다고 생각하는 경향이 강했으며, 이러한 인식은 나이 든 여성에게서 더욱 뚜렷하게 나타났다. 예컨대 전매청을 퇴직한 중년의 여성들로 구성된 '홀딱계' 모임에도 참석하여 화투 놀이도 하고, 과거 전매청 내에 설치된 법당에 출입한 스님이 주지로 있는 절(수성구 도심 속에 위치한 양옥 건물)을 찾아오는 할머니들과 친밀감을 쌓은 뒤에 개인적 삶과 전매청에 관한 이야기를 듣고자 하였지만 모두가 거절하였다.

필자는 김기홍 어른을 동구 신천동 제3 경노당에서 처음 만났다. 먼저 연구단이 하는 일을 설명 드린 뒤에 그의 삶과 전매청에 다니며 겪은 일을 전체적으로 들어보았다. 그리고 그의 생애사를 구술해 줄 수 있는지, 있다면 구술을 녹음함과 동시에 카메라 촬영은 가능한지를 묻고 허락을 받아 일을 진행하였다. 면접은 김기홍 어른이 거주하는 신천 3동 자택을 방문하여 개인의 삶과 전매청에 관련된 다양한 주제 하에서 이루어졌다. 김기홍 어른이 적극적으로 구술을 해주셨기 때문에 큰 어려움 없이 일을 마무리지을 수 있었지만 어떤 부분들에 대해서는 기억을 못하시거나 이야기하고 싶어하지 않으셨다. 구술은 생애의 시간을 따라 연구단에서 제시한 열 가지 주제를 중심으로 질문한 뒤 이야기를 듣고 반응하는 형식으로 이루어졌으며, 전 과정은 MP3와 캠코드를 이용하여 녹음 · 녹화하였다. 혼자서 여러 가지 일을 동시에 진행해야 하기 때문에 구술 자체에 집중하는 데 어려움이 많았지만 보람과 기쁨도 컸다. 구술할 당시는 제보자의 이야기가 일반적으로 느껴졌지만 전사를 통해 내용의 구체성과 다양성을 확인하면서 민중 삶에 대해 구술을 받아 기록하는 작업이 대단히 소중하다는 것을 깨달았다. 특히 어린 시절 고향의 냇가에서 친구들과 고기 잡는 일, 전매청에 다니면서 담배를 몰래 가지고 나오는 일 등을 신나게 이야기하면서 순수하게 웃는 모습은 잊을 수 없다. 민중의 삶에 대한 구술 작업이 기록을 남기는 측면도 중요하지만 소외되고 웃음을 잃은 노인들에게 자신들이 살아온 다사다난한 삶이 의미 있고 소중하다는 것을 일깨워 주고 순수하게 웃을 수 있는 동기를 부여할 수 있다는 점에서도 소중한 일임을 알게 되었다.

사전에 결정한 일반적 질문 내용에 따라 구술을 진행하다 보니 대화가 자연스럽지 못한 부분이 많았고, 제보자가 이야기를 하고 있는 도중에 중단시킨 경우도 있었다. 이런 점들은 제보자를 힘들고 짜증나게 하고 자연스런 분위기에서 다양한 이야기를 들을 수 있는 기회를 막기 때문에 향후 조사에서 보완되어야 할 점인 것 같다. 구술 내용은 필자가 상당한 시간에 걸쳐 직접 전사하였다. 이 과정에서 한글의 문어체와 구어체 형식과 표현 양식이 큰 차이가 있고, 말을 문자 기호로 표현하는 작업이 보통 힘든 일이 아님을 알았다. 구술생애사 책자를 만들기 위한 편집은 전사 원본의 표현과 형식을 최대한 유지하였지만 내용의 이해를 돕기 위해 구술 순서를 재구성하였다.

3. 삶의 여정

군위군 우보면 나호동에서 태어난 어른은 어린 시절을 고향에서 지내다 해방을 맞이하였다. 해방 일회로 초등학교를 졸업하고 결혼을 한 뒤 부인을 고향에 두고 영신학교 야간부에 입학하면서 대구 생활을 시작하여 현재에 이르고 있다. 해방 이후 대구에 머무르면서 경험한 여러 가지 일들과 환경의 변화에 대한 구술은 천구백사십년대 중반 이후 현재까지 개인의 삶과 지역 사회·경제의 변화를 이해하는 데 도움이 될 것이다. 전매청 입사 후 여러 부서로의 이동과 불법으로 담배를 가지고 나왔던 것에 대한 구술은 한 사람의 인식과 행위는 당대의 사회·문화·경제 환경과 밀접하게 관련되어 있음을 구체적으로 보여주었다. 특히 퇴근 시 불법 담배 유출을 방지하기 위해 여성의 몸을 남성이 검사하면서 발생하였던 일과 여성 검사원으로 바뀌는 과정의 진술은 국영기업이었던 전매청에서 여성 노동자에 대한 인식과 처우의 단면을 볼 수 있었다.

어른과 더 많은 시간을 함께 지내면서 개인적 삶과 사회·문화·경제 자연 등에 대한 이야기를 나눌 수 있었다면 내용이 보다 풍부했을 것이란 아쉬움이 남는다. 부족하지만 나에게 많은 것을 가르쳐 준 작업이라고 믿고 있으며, 앞으로 전매청에서 근무한 어른들을 많이 만나서 구술을 받아 두는 것은 대구 지역사회와 우리나라의 현대 역사를 보다 구체적으로 이해하는 데 많은 도움이 될 것으로 생각한다. 마지막으로 쉽지 않은 구술 작업에 늘 웃음으로 대해 주신 김기홍 어른과 제보자 선정에 도움을 주신 민완식 전우회 사무장님께 진심으로 감사를 드립니다.

1. 출생과 집안

고향에서 고생을 많이 한 부인과 정답게 살았던 추억이 스며 있는 자택의 대문과
화단을 배경으로 한 김기홍 어른의 사진이다.

어른신 함자가 어떻게 되시는지요?

김기홍(金基洪), 경주 김가지.[1] 고향은 군위군 우보면 나호이동 이백
팔십육 번지고. 올해가 이천육년 아인교(아닙니까?) 팔십을 빼 보면 고
(그)때가 몇 년이고?

1926년입니다.[2]

고 어데쯤 될 끼라. 우리는 만이나 비슷해. 낳으면 바로 [출생신고를]
해 뿟지 머~어. [출생 후 이삼 년 뒤에] 신고하지 않고 바로 했심더(했습
니다). 형제가 사형제인데 현재는 삼형제가 살았어. 바로 밑에는 갔 뿟고
내가 제일 맏이지. 그때는 형제 전부 다 나이가 몇 살씩 안 먹었지. 사이
는 다 좋았지. 우리 사형제 간에는 우애 있고 괜찮았지. 내가 제일 맏이
고, 둘째는 군대가 가지고 죽어 뿟다.

어릴 때 집안 형편은 어떠했습니까?

옛날에는 잘살았는데 내 태어날 때 집안이 쫌 가난했지. 와(왜) 가난했
느냐면 할아버지가 무식해서 [그렇게 된 것으로 안다]. 우리가 종손이다.
우리 사촌 한 분이 촌에서 동장 했는 거라. 옛날에 동장 하며는 마을 사람
들이 인감도장을 전부 다 맡께 부거든. 인감도장을 가지고 농협, 지금 같
으면 새마을금고 택이지. 농협에 맡기고 돈을 전부다 땡겨(미리) 묵어 뿟
는 기라(써버렸다). 일제시대 때 담보를 하고 돈을 먹어 뿌고 갚을 돈이
없시(으)니까 어야노. 논을 팔아 가지고 전부 갚아 좃다(주었다). 그래
가지고 형편없이 망해 뿟이. 그때 형편없이 살았는 기라.

선친에 관한 이야기를 해주세요?

옛날 우리 할아버지가 뭐 했노 카며는 훔치기교라는 거 믿었다. 서울

에 본사가 있다. 옛날에 그것을 훔치기교라 했다. 지금 여기 대구도 만심다(많다). 살림 전부 다 팔아 여야(넣어야) 돼. 거 가보면 "논 같은 거 전부 다 팔아 가지고 오라" 카거든. 거 들어가 보면 아무것도 없어. 거기 있다가 고만 튀어 나와 뿌지. 그런 교라. 내가 어릴 때 할아버지가 어(어떻게) 했노 하며는 열두시 되가 크다란 사기 그릇 있어요. 거다 물 한 거(한 그릇) 떠나 놓고 한복 입고 상투 전부 다 꼬고, 두루막 채려(차려) 입고 갓 시고(쓰고) 기도해요. 기도한 뒤, 소지(燒紙)[3] 올리는 교라. 할아버지가 그랬고 아버지는 안 했고. 그 해 가지고 망했는 택이지. [그리고] 도장하고 조(주어)가지고 망했지. 할아버지 때는 잘살았고 그 밑에 내려와 가는 못살았어. 내가 학교 졸업한 뒤에 밥쟁이(아내)하고 결혼했어. 해방되던 해, 열여덟 살에 결혼했거든. 우리 밥쟁이는 결혼해서 우리 집에 와 보니까 워낙 몬(못) 살거든. 그래서 단돈 십원이라도 벌이면 논을 사야 된다는 이런 각오를 해 가지고 촌에 논도 많이 사고 그랬어. [지금은] 촌에 살기가 괜찮아졌지. 아버지는 농사일만 하고 엄마는 농사일 뒷바라지 하니라고(한다고) 애 자시고 그랬지(고생하셨다). 농사는 여나문(여남은, 열 남짓한) 마지기 지었다. 소작도 쫌 하고, 우리 집 농사도 하고 소 한 마리 믹이(먹)이고. 그때 소 한 마리 믹이면 큰 재산이라 케거든(말하였다). 소 한 마리 믹이 가지고, 캐아(키워) 가지고 팔마는(팔면) 논 한 마지기 산다고. [그렇게 소를] 사고팔고 했어. 아버지는 크게 안 엄하고 순한 택이고, 엄마는 쪼매 엄했지. 엄마는 어시(억시게) 강했지. 밭에 가서 미영(목화) 심아가(심어서) 질쌈(길쌈)[4]해가 팔아 가지고 돈 벌이고 또 엄마하고 밥쟁이하고 머 했나카면 촌에 포백(布帛, 베와 비단) 장사하러 댕겼다(다녔다). 대구 같은 데 와 가지고 포백 띠 가지고(구입해서) 촌으

며느리(부인)는 시어머니의 손을 잡고 다정한 포즈를 취하고 있으며,
어머니의 얼굴은 고단했던 지난 세월을 잘 보여주고 있다. 어머님
앞에 차려 놓은 상 옆에는 술이 담긴 큰 병이 놓여 있다. 뒤편에는
나지막한 초가가 있고, 그 옆에서 동네 할아버지와 할머니가
음식을 드시고 있다.

로 댕기매 팔면 이문(利文, 이익으로 남는 돈)이 괜찮았거든. 밥쟁이는 그런 거 팔러 댕기며 그랬지. 엄마는 밭 매는 거 좀 도와주고 지녁(저녁)으로 질쌈하고 마—아 그랬지. [아버지는] 저런 모임이 더러(이따금) 나간 기억이 나지. 동네 사람들이 모여 머(무엇을) 하나 카면 북 치고 꽹과리 치고 댕기는 거 주로 했지. 일 년에 몇 번씩 하고 댕기는 그런 거밖에 없었지. 딴 데는 우리 문중에 모임이 있으면 가고 그랬어.

부인과 모친의 관계는 어떠하였습니까?

[시어머니와 며느리는] 사이가 좋아야 되지. 서로가 쪼끔 애로(문제)가 있을 때도 안 있겠나. 내 생각에는 주로 동생들 때문에 불편한 점이 있지 싶어. 엄마가 동생들에게 [맏며느리가] 알게 [도움을] 주면 괜찮은데, 모르게 머—어를 쫌 줄라 카다가 사이가 쫌 고(그)런 불편한 점이 안 있겠나. 딴 것은 없지. [맏며느리는 마음이] 아무래도 넓어야 되지. 제일 우(위)에가 넓어야 밑에도 쫌 낫잖아.

시어머니와 며느리 관계가 과거와 현재를 비교했을 때 어떠하십니까?

옛날에는 결혼한 뒤 부모들과 같이 살았지만, 요새는 결혼한 직후에 부모들과 갈라져 뿌잖아. 그러니 서로가 모르지. 옛날 사람들은 같이 지내고 하니까 어떠타는 내용을 다 알고 있지. 요새는 며느리들이 결혼하면 나가 사니까 머—어 그런 거 모르잖아. 결혼해가 쪼끔은 같이 살면 아무래도 안 낫겠나. 같이 살며 며느리가 몬 배웠으면 부모들한테 배우고, 살림살이도 가정교육도 좀 배워 가지고 나가서 살면 안 좋겠나. 요새 젊은 사람들은 학교 나와 가지고 가정교육 이런 거는 백지 아이가. 그래서 좀 배워 가지고 자기네들 살림살이 나가면 안 좋겠나 싶어. 아무래도 옛날 사람들은 머~어라도 참지만 요새는 그런 게 없잖아요.

2. 고향과 어린 시절

우보초등학교를 해방 1회로 졸업하고 대구에 와서 사는 사람들이 함께 놀러가
즐거운 표정으로 기념촬영을 하였다. 70대 중반의 나이에도 불구하고 머리, 복장,
신발, 표정 등이 아주 자유스럽다. 장소는 기억이 잘 나지 않고, 이 가운데
두 분은 세상을 떠났다.

고향에서 얼마동안 사셨습니까?

내가 육학년 졸업할 때까지 살았으니까 십팔 년쯤 살았지. 내가 열여덟에 초등학교를 졸업했다. 옛날에는 늦게 학교 드(들어)갔거든. 졸업과 결혼을 동시에 한 거라. [그리고] 이리(대구)로 나왔지. 우보면 나호동에서 태어나가 열여덟 살까지 살은 택이지. 대구로 나와가 영신학교 들어가 낮으로 머~어 했나 카면 처남하고 집장사했다. 나호동이 일동, 이동, 삼동으로 되어 있거든. 우리 마을은 이동이다. 그때 우리 동네 호층(가구)이 팔십 호 되었다. 우보면에 한 개 소학교가 있었고, 학교까지의 거리는 오리 정도 되었다. 걸(개울) 건너면 거기가 학교라. 소학교는 해방되기 육 년 전이라 천구백삼십구년에 입학했어.

어린 시절에 대한 이야기를 해주세요?

오학년까지 왜놈한테 배왔지. [그리고] 해방 후 일 년 더 학교 다녔다. 우리가 해방 일회로 졸업했거든. [학교 갔다 와서] 머~어 했노 카면 산에 소나 먹이로 댕기고 소풀이나 뜯으러 댕기고 애들하고 놀았지. 지녁(저녁) 때면 애들하고 숨박꼭질인가 그런 거 하고, 또 놀러나 댕기고 그랬지. 옛날 모심기 할 때 노래도 부르고 하는 그런 기억은 쫌 나지. 우리는 참 샅은 거 하면 운반해주고 그랬지. 땅(다른) 거는 도와준 거 별로 없어.

일제시대 소학교는 어떠했습니까?

소학교 [생활은] 엄했지. 한국 선생은 둘이 있었고, 교장은 왜놈이었고 교감은 한국 사람이었지. [그리고] 왜놈 여선생도 있었다. [학교에서 배운] 과목은 전부 다 배웠어. 특별히 과목이 나누어진 거는 없고 수학하고 같이 배웠어. 할아버지와 아버지는 한학 배웠지. 왜놈 학교에 다닌 거는 없지. [학교를] 시험쳐가 드가거든요. 시험쳐가 들어간 땜에 시험 떨어지면 못 들어가고 그랬어. 가난해서 안 보낸 사람도 있고 또 잘 살아도 안 보낸 사람도 있고. 말하자면 학교 열이(성의가) 쫌 있는 사람은 보내고 열이 없는 사람은 잘살아도 안 보내고 그랬어. 그때 우리 마을에서 일학년, 이학년, 육학년 전부 엄(합)쳐 가지고 이십 명 당겼어(다녔어). 우리 소학교 댕길 때는 왜놈 말기 되어 가지고 군국주의 식으로 교육했어. [남녀 학생 비율은] 여학생이 조금 적었지. 우보는 남녀 한 반뿐이었어. [연필과 책은] 아무래도 내가 돈 주고 사야 되지. 당시 책도 내가 돈을 쫌 내야 되지. 책값은 헐커든(저렴하거든). 그래도 쪼매끔 내고 그랬지. [교재는] 전부 일본어로 되었고, 난도(나도) 육학년까지 국문(한글)으로 '갸'자도 몰랐다. 전부 왜놈말만 하고 그랬지. 해방돼 가지고 국문을 전부 다 배웠지. 왜놈 때는 몰랐어. 지금도 일본말을 쪼매 하지. [지금도 책을 보면] 쪼매 읽기는 하지.

학교 갔다 온 뒤에 어떤 일을 했습니까?

집에 오면 소나 믹(먹)이러 댕기고 풀이나 하고 그런 거 하지. 소 등에 타고 댕기고 말이지. 소를 산에 올려 놓고 목욕도 하고 풀이나 쫌 뜯고 안 뜯으면 요새 같으면 감자[수확]철 되만 남의 감자 쫌 캐 가지고 구워 먹지. 요새는 그런 짓 모(못)한다. 그 당시는 감자 쫌 캐가 감자모지, 돌로 이래 해 가지고(둥글게 쌓아 가지고) 밑에서 나무 때 가지고 돌 꿉잖아. 돌을 달아(달구어) 가지고 감자를 꿉어(구워) 먹는다. 돌을 달아가 내라 가지고 감자를 그 위에 얹고, 풀 덮고 [그리고] 흙으로 덮어 노으만(놓은 뒤) 한참 노다(놀다) 와 가지고 먹고 그라지(그렇게 하지). [하~하~]. 소 타고 댕기고(다니고) 또 촌에 가보면 소싸움도 붙인다. [풀을 먹이러 가면서 마을 소끼리는 싸움을 안부치고(시키고), 옆 동네 소 오면 "싸움한 번 붙이자" 카고 그래. 소 믹이러(먹이러) 마이(많이) 가지요. 우리 동네는 그랬거든요. 아랫동네 웃동네 한 팔십 호가 사니까 반은 웃동네 소고, 골짝으로 소를 믹이러 가지. 우리는 밑동네 살아시니까 냇가에 소를 믹이는 기라. 웃동네는 만날(매번) 산에 소 먹이고, 우리는 산에서 믹일 때도 있고 냇가에서 믹일 때도 있거든. 냇가에서 믹일 때 옆 동네에서 소 믹이러 오며는 암소끼리는 안 싸우고, 황소 있잖아. 저짝 동네 황소는 잘 싸우는 거, 못 싸우는 거 알거든. [황소끼리] 싸움을 붙이지. [하~하~]

일본 순사(巡査)[5]를 보았습니까?

순사는 많이 봤지. 순사 보면 겁나서. 순사 곁에 가지도 안 하고 피해 뿌고 그라지. 긴 칼도 차고 댕기고 줄 착착 있는 옷을 입고 댕기데. 무섭데. 상대하기 싫고 말이지. 우리 촌에 왜놈은 순사 둘 있고, 지서에 주임 밖에 없거든. 그래도 인구가 글케(그렇게) 많아도 도둑질 없고 잘했잖아. 치안 하는 걸 보면 참 잘했어. 우보에 지서가 하나뿐이고, 경찰서는 군위에 하나 있었어.

마을에 순사들이 와서 주민을 괴롭혔습니까?

그런 거 있었지. 순사들 오만 구장 집에, 요새 같으면 동장 집에 찾아와 나쁜 거 있는가 조사하고 또 왜놈들 나락(벼) 같은 거 조사를 마이(많이) 했다. 그때 공출했지. 쌀을 숨기기도 했지. 우리도 농사지어가지고 어떤 데 숨구(기)노 카면 촌에 부엌 있잖아, 부엌 밑에다가 큰 독을 묻는다. 그 독에 쌀이 한 섬 정도 들어갈 끼라. 말로는 열 말 정도의 [쌀이 들어 갈] 큰 독을 묻어 놓고 그 위에다 불을 넣거든. 그래 노면 몰라서 몬 뒤

빈다(뒤진다). 그래 숨가(겨) 놓고 먹는 거라. 안 거라면(그러면) 식량이 부족 되가 못 살았어. 쌀은 공출로 다 가져 갔지. 먹을 거도 없는 거라. 그래서 덜(적게) 주고 감추어 놓지. 그때 보리도 마이 숨갔지(심었지). 보리도 다 가지고 가 뺏고, 콩 머~어 이런 거 안 가지고 가는 게 없었어.

마을에도 잘사는 집, 못 사는 집이 있었지요?

차이 많았지. [잘사는 집은] 안 많았지. 암만 내가 잘살아도 밥도 마음대로 모해 묵(먹)었다. 우리 집에서 밥을 먹고 싶으면 말이지 퍼뜩 해 먹어 뿌고 그래야 되지. 밥 푸는 주게(주걱) 소리가 다르잖아. 죽은 물 있으니까 이래하면(소리없이 하면) 되지. 밥 묵으면 옆집에서 "저 집은 밥을 해 묵는다" 카면 살림이 쫌 있다[고 다른 사람들이 생각하지]. 말하자면 쌀이 어데라도 숨가(숨겨) 낫다(놓았다) 아닌가 해서 면에 밀고(密告)[6]해 뿌는 거라. 그라면 왜놈들이 마을에 와가 집을 전부 뒤벤다(뒤진다). 어디 숨가 낫는가 싶어서. [우리 집은] 먹고 지내는 거는 괜찮았지. 먹고이라는 거는 혹 남보기 머(미안)해서 낮으로 죽을 함(한 번)씩 끼리(끓여) 먹지. 죽도 잘 안 먹고 그래 살았어. [마을의 가난한 사람들은] 역시 곤란했지. 쌀밥도 몬 먹었다. 전부 나물죽 먹고 형편없었지. 그래 지냈지, 머~어. 그라고(그리고) 해방되고도 산에 가면 나무뿌리 같은 거 또 나물 그런 거 해 가지고 묵고 살아서 얼굴이 퉁퉁 북고 말이지.[7] 가난한 집에 자식들이 만치. 당시에는 없는 사람 [집에] 아~들(아이들)이 더 만타(많다). 와 그런지 모리지. (하~하~) 요새는 아(애기)를 안 놓으려고 하지만 그 당시에는 놓는 대로 마이 나았잖아. 생기는 대로 다 나(놓)았지. 그라고(그리고) 우리 마을에 교회가 있었거든. 교회 다니는 분들은 해방된 후에도 산아제한을 안 했다. 내 사촌은 젊은 사람이 아~가(아이가) 열

키다(열 명이다). 그때는 [먹는 것만 풍족하면] 행복했지. 먹는 것만 있시만 땅(다른) 거는 걱정이 없어. 나무 가주고(가지고) 만든 신발을 게다라 했어. 나무 가지고 맹거러 가지고 이짝, 저짝에 끄나팔이 [붙인 뒤] 못 쳐 가지고 신고 댕기고 그랬다. 짚신은 마이 안 신었고 고무신 혹 운동화를 신고, 또 스리빠(슬리퍼) 비슷하게 딸딸이 같은 거 신고 댕기고 했다.

친구들과 어떤 놀이를 하였습니까?

돌을 쌓아 놓고 때리는 그런 놀이도 하고 자치기 카는 거도 했다. 꼬챙이(가느다란 나무토막) 해 가지고 막 때리는 거 그런 놀이도 하고, 산에 소 갖다 놓고는 머~어 하노 카며는 그런 놀이도 해서요. 한 바쿠 도는 거, 술래 그런 놀이도 하고. 그 당시는 온갖 거 다 했어요. [학교에서 전쟁] 놀이는 안 했어. 전쟁은 쫌 느낄 수 있었지. 왜놈이 한창 전진(前進)[8] 할 때 우리는 운동화도 하나 얻어 신었다. 싱가뽈 함락했다고 왜놈들이 전부 학생한테 운동화를 하나씩 주고 또 야구공 선물 하나씩 받았다.[9] 왜놈 때 대구에서 박람회 했어요. 우리 오학년 때 구경왔다. 한창 대동아전쟁(전쟁)에서 이기고 할 때 선전할라고 박람회했는 거라. 요새 같으면 전국체육대회 비슷하게 말이지. 대구서 했다. 어디서 했는고 카면 (지금) 중구청 거서러(거기서) 했다. 거기에 공설운동장이 있었다.

어릴 때 남학생과 여학생이 같이 놀았습니까?

같이 마이 놀았지. [남녀유별이런] 그런 거 없었어. 그 당시 우리가 보면 "저 누가 연애 한다" 카는 거는 알았어. "왜놈들 순사 딸하고 우리 친구하고 연애한다" 이런 말도 있고. 고런 거 쫌 있다가 해방되니까 여학생은 전부 학교에 안 나오데. 그때도 "임마! 니 누구와 연애하지" 하고 했지. 그런 거 흉도 안 봤어. 연애하는구나라고 [생각하는 정도였지].
그때는(일제시대) 남자, 여자 구별없이 놀았어. 해방되고 남자, 여자 구
별을 좀 했지. 해방 전에는 안 하데. 우리 동네 양반 마을이지. 해방된 뒤
에는 마이 구별하데. 이 짝(남자 애들)에서 같이 안 놀라 카고, 저거(여
자)는 저거끼리 놀고 이래 했지. 학교 다니며 결혼한 아들이 대엿 사람
(다섯 명) 있었어. 소학교 다니매 결혼했지. 옛날에 부모들이 일찍 장가
보내는 거(풍습이) 있었지. [장가간 친구들 보면] 열다섯 살밖에 안 됐지.
우리보다 서너 살 적어거든. 지금도 [대구에서] 십오일마다 초등학교
아~들(친구들) 계추에서 만난다. 우리가 십오일에 해방 일회로 졸업했
거든. 한 열둘이 만나는데 두 사람 죽어 뿟다. [모임에는] 안동사범 나온
동기가 하나(한 명) 있고, 대구사범도 있고, 또 경대 사대 나온 아~들도
있고, 농림학교 나온 아~도 있고, 우리 여(대구에) 모이는 아~들은 학교
를 다 괜찮게 나왔지. [계 이름은] 해방 일회라 카고 모이지. 대구에 오고
부터 매달 십오일에 만나지. [대구시민운동장 옆] 야구장 앞 다방에서 만
나지. 만날(매번) 지녁에 만나 가지고는 옛날 놀았던 이야기 그런 거 한
다. 계원들이 중국에 두 번 갔고 또 일본에 한 번 갔다 왔어. 계원들은 우
보에 살았고, 초등학교 같이 졸업해 가지고 대구로 나와가 학교에 다닌
뒤 직장생활하지.

집에 와서도 공부하였습니까?

안 했지. 학교서 공부 쫌 하고 집에서 와서는 자습할 여가가 없었거든.
머(무엇을) 하노 카면 소 믹(먹)이러 가제. 공부할 시간 없어. 지녁에 쪼
금 보는데 그때는 호롱불에 [책을] 볼 수 있나. 우리 마을에 전기가 해방
후에 들어왔어. [그 전에는] 호롱불[10]을 사용했고, 촛불도 거의 없었다.

왜놈 때는 머 하노 카면 학교에서 소나무 진을 따가 오라 카거든, 솔에 낫으로 벤 뒤에 보면 송진이 쫌 묻어 있다. 그 전부 다 톱 갖고 베 가지고 학교에 가져오라 카거든.[11] 거 가지고 기름 짜가 비행기 기름 하니 어떠니 하고 말했다. 왜놈들은 기름은 안 나오제, 송진 가지고 기름 짜 가지고 그런데 사용한다고 그랬어. [소학교에] 시험은 있었어. 시험 쳐가 학교 성적표도 등수도 나오고 나는 십등 내로는 들었지. 그리고 시조를 지어 가지고 상장 마이(많이) 받았다. 오학년부터 육학년까지 우리 담임이 왜놈인데 시를 지어 냈더니 상장 주고 또 군위에 [열리는 대회에] 보내면 거서(거기서) 상장을 받았지. [기억에 남는 과목은] 국어(일본어)를 쫌 잘했는 택이지. 수학은 쪼끔 그랬고. 왜놈 때 말고 시를 하나 써 줬거든. 무얼 썼나 카면 "바람아 부지마라, 꽃 떨어진다. 꽃 떨어지면 머~" 카는 시 비슷하게 하나 써 좃더니만(주었더니만). "야~ 이런 거 존 거 써났네" 이 카매 말이지. [하~하~] 왜놈 책이라고는 하나도 없어. 와(왜) 없어졌는고 카면 [고향 집에] 놓아 두었더니만 해방되고 육이오때 폭격해 가지고 학교 책이고, 족보 책이고 다 태아(태워) 뿟는(버린) 기라. 집이 다 타 뿟어. 와 그런고 카며는 몇 사람이 좌익계, 빨갱이가 있어 가지고, [피난을] 안 나오고 살았어. 그 사람들 땜에 폭격해 가지고 동네 팔십 호 되는 거 전부 다 불태웠 뿟어.[12] 그 사람들은 피난 안 나가고 있시, 아군 비행기가 거 보니까 사람 있거든. 막 폭격했어.

어릴 때 마을 모습은 어떠했습니까?

우리 마을 동쪽은 산이고, 앞(서쪽)으로 냇가가 흘러 내려가고. 그리고 동네가 죽~욱 나오고, 냇물이 동네 가운데 내려가는 거라. 왜놈 때 우리 동네에 지서가 있었다. 또 시장도 있었다. 와 있었노 카면 옛날에 우리 김가가 고(거)서러 잘살았거든. 해방되고는 학교고 지서고 우보로 다 건네갓 뿌는 거라. 면은 해방되고 우보로 건너갔 뿌고. 왜놈 때에는 [우리 마을이] 우보면에서 중심이었지. 시장이 우리 동네에 있다가 해방되고는 우보로 가버렸지. 시장에 귀한 거 그런 거 크게 없지. 옛날에 아침 시장 뿌이거든. 오일장이지. [구멍가게는] 시장(정기시장)할 때는 없었고, 그 뒤에 생겼지. [김씨 집이] 사십 호되었지. 조씨네[13]들 쫌 살았고 박씨네[14] 들은 세 집 살았다. 박씨들은 잘살았는데 우리 동네에 세 집 더 못 살아요. 더 살며는 하나가 망해 뿌려. [이유는] 모리지. 우리 동네에 박ㅇ ㅇ 씨라고 판사 하나 났거든. 그 사람이 어느 학교 나왔는고 카면 일본 와세다 대학, 동경대학이 제일이고 그 다음이 와세다 대학이라. 졸업한 뒤 군대 갔어. 군대 어데 갔노 카면 우리 육학년 때 보면 지나(중국)에 갔다가 왔어. 해방되고 와가는 와세다 대학 졸업해도 직장도 없고 해서 머~ 어 했노 카며는 우보 치안대장질했다. 대장질하다가 일회 고시 합격해 가지고 판사질했다. 판사 하나 있시만 그 동네 술도 안 뒤빗다(조사하지 않았다). 우리 동네는 만날 술 해묵어도 판사 하나 있시니까 오지도 안 했어. 그만치 판사 힘이 참 조테(좋았어요).

마을 교통은 어떠했습니까?

마을이 냇가에 있었다. 옛날에 길이 우리 마을로 해 가지고 도로가 나 왔거든. 그래 이리 쭈~욱 올라 가가지고 우보로 갔는데, 해방되고는 이 길이(마을을 지나는 길이) 없어졌 뿌고, 앞에 냇가로 내려가면 건너로 도로가 나서요. 새로운 도로가 나가지고 우보로 댕기 뿌고. 우리 동네 길은 구도로 돼 뿟고, 신도로가 다른 쪽으로 이차선 나와 가지고, 그래 나 뿌니까 옛날에 우리 동네 앞에 학교가 있었거든, 학교도 저 건너갓 뿌고, 전부 저리 다 갓 뿌는 기라. 도로가 저리 낫 뿌이까. 도로가 저리 나가고 면(사무)소도 해방되고 저~쫙(으로) 건너갓 뿌고. 또 지서고, 학교고 우보로 다 건너갓 뿌데. 우보 면소재지를 우보라 칸다. 거리가 걸(하천) 건너면 되니까 한 오리도 안 되지.

당시 마을 주변 하천은 오염되지 않았지요?

그때는 깨끗했지. 우리 앞에 내가(개울이) 짚어(깊어) 가지고, 우리 어릴 때 가 보만 잉어 안 있나, 냇가에 이런 거(큰 것) 마이 있었다. 물이 기푸고, 햇빛 뜨고 할 때는 냇가는 쫌 지푸잖아. 이짜는(이쪽은) 방천이 있어 가지고 거서 보면 잉어 이런기(큰 것이) 한 수십 마리가 막 댕기고 이랬어. 고기도 미이 잡았지. 고기는 어혜(어떻게) 잡았노 카먼, 촌에 가면 새끼 꼬는 거 아(알)지요. 새끼 꼬아 가지고 버드나무 (잎을) 따가지고 낀다(끼운다). [새끼가] 지단하게(길게) 물 밑에 내려가잖아, 그 니라가면(내려간 뒤) 지단한 새끼를 이래 끌고 가거든. 끌고 가면서 고기를 홀기는(몰이하는) 택이라. 이래 홀기면 잉어 같은 거는 홀쩍, 홀쩍 뛰어 넘어 갓 뿌고, 잔 고기는 술술 모다가 가세(가장자리) 물 야푼(얕은) 데로 홀키가요. 쪼매한 고기를 반도(떨채) 갖고 막 떤다. 그랬다(그렇게 고기를 잡았다). 그리고 또 우리 인(있는) 데는 비가 오만, 고니 알지요. 고디 조우러(주워러) 남녀 간에 마이 나가거든. 우리는 반대를 맹거러 가요. 고디 요래 끄는 반대 있다. 머가 했노 카며(만들었는가 하며는) 밑에는 [고디가] 안 빠지도록 하고, 반대에 나무 빤데기 붙여 가지고 끌고 가면 고디기 고 안에 다 들어가요. 비가 올라 카며는 고디는 살라고, 물에 안 떠내려간라고 전부 밖으로 나와요. 그라고 고디가 풀 우로 올라 와뿌거든. 반디 갖고 하면 다 들어가고. 다 갈치 주네. [하~하~] 지녁으로 머~어 하노 카

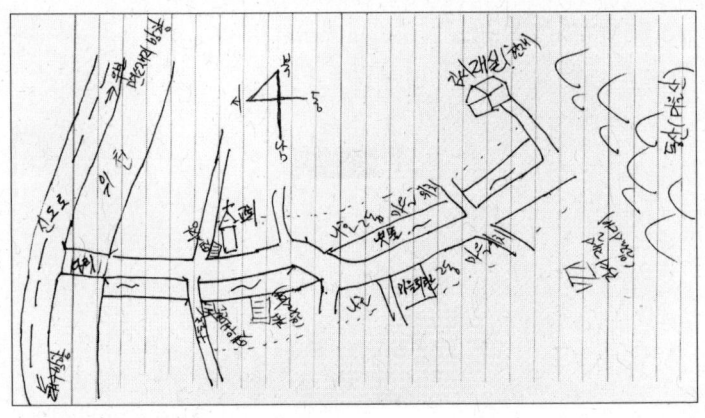

나호동 마을의 위치

면, "고기 잡으로 가자" 이카거든, 머 하노 카면 철사 가지고, 솜 뭉쳐 가지고, 기름 탁 당가 가지고 불 찌르만(붙여) [이것을 갖고 냇가에 서 있 서면 고기가 전부 불빛에 다 나와요. 고기가 나오면 반대로 떠가 마이 잡 지. [고기잡이 하레] 한 서너 사람이 가지. 잉어, 뱀쟁어, 미기(메기), 이런 거 막 튀어 나와요. 또 우리 어릴 때 촌에 수로가 있잖아, 수로 우(위)로 사람 댕기는 데는 통문(통발)카는 거 이래 나 놓으면, 요새는 세멘(시멘 트)가지고 했지만(만들었지만), 옛날에는 전부 돌 갖고 쌓은 뒤 흙 덮어 가 놓았거든. 이 돌 궁개(구멍에)에 고기가 마이 들어가 있는기라. 물이 흘러도 건마는(그 놈은) 안 나와요. 머로 하노 카며는 촌에 가면 역골대 알제. 잘 모를 끼라. 이파리 요래 올라오만 이파리에 까만까만 점이 있는 게 있어. 촌에 가면 냇가에 마이 있다. 그거는 억시기 매버요(매워요). 그 거를 많이 떠(따) 가지고, 막 뚜디리 가지고 물에 조아 넣는다. 그라면 고 기가 무 보면(먹어 보면) 맵거든. 튀 나와요. 그래 가지고 고기 막 잡았어. 물도 깨끗하고 고기도 마이 있었어요.

고기를 잡아서 어떻게 합니까?

고기 잡아가지고 찌지가 먹고. 또 우리 동네 밑에 물을 막아 놓은 보가 있거든. 지녁에 가마니를 이용해서 물을 막아놓고 물을 퍼뜩 퍼야되거든, 고거는 두어 시간 내에 퍼야되거든. 안 거라면 저 밑에서 물이 안 내려오면 야단 나거든. 퍼뜩 물을 푼 뒤 고기를 잡은 뒤 [물을] 니라(내려) 보내지. [하~하~] 또 어릴 때 보며는 비온 뒤에는 강물이 불어가 많이 내려가뿐만 저 짝 동네 사람이, 우리 마을에 그 보며는 밭에다가 땅콩도 숨가(심어)놓고 이런 거 있잖아. 냇물이 불어나 물이 내려가니까 [땅콩 밭 훑] 지기러 모 오거든. 그때 그걸 쏘매 캐온다. 오새는 절대 안 되지. 어릴 때는 쫌 캐다 먹고 하지. [하~하~]

잘사는 사람들은 어느 정도 였습니까?

부자들은 농사를 마이 하지(지었지). 백 석 넘게 거두고 하지. 소작을 조 가지고 농사를 짓지. [백 석 정도면] 부자지. 만 석 같으면 큰 부자고 천 석이라도 쫌 큰 부자고. 백 석 정도면 군내에서는 쫌 부자 택이지. [쌀 한 가마니는] 몇 천원했지. 한 가마가 닷 말이지. 그 당시 쌀 한 가마니 팔면 머~어라도 마이 사지요. 곡식을 팔아 가지고 돈을 마련하지. 안 그라면 농토 살라 카면 소 팔아 가지고 샀고 글치. 딴 거는 없고.

마을에 과수원도 있었지. 우리 동네는 능금[15]을 마이 숨갔다(심었다). 우리는 행방된 뒤에 과수원 했어. 칠천 평 돼. 해방되고 창고에 몇 상자를 넣노카면 이천오백 상자 넣커든. 해방 전에는 그것도(과수원도) 없었는데, 해방된 뒤에는 냇가가 넓어거든. 해방되고 정부에서 방천을 했는

기라. 제방을 해 놓으니까 들판이 넓혀졌지. 제방해 가지고 면장쯤 되며
는 자기가 군에서 언제 제방을 한다는 것을 알고, 제방한 뒤에는 정부
땅이거든 지가 불하 받아 가지고 머~어 숨구 놓으면 밭이 전부 모래밭이
기 때문에 좋거든. 거기다 사과 숨구지. [사과밭을 가진 집은] 부자지. 사
과밭 쫌 있다 카면 큰 부자지. 그 당시 보만 사과밭 하는 사람은 대략 전
부 다가 면에 면장 머~어 이런 사람들이지. 그거는 와 걸로 카면 자기가
제방을 한 뒤 정부 땅이 되니까 지가 마음대로 불하를 받을 수 있는 기회
가 있는 거라. 그래 받아 가지고 자기 땅으로 만들었지. 우리 마을에는
제방을 따라 쭉 내려오면 사과밭만 했어. 쌀이 주고 보리, 밀. 콩, 팥 그런
거는 쪼끔 숨구고 그랬지.

어떠한 명절이 기억에 많이 남아 있습니까?

아무래도 설하고 추석이지. [일제시대 때] 설은 몬 지내구로 했다. 양
력 설 지내게 했지. 음력 설은 왜놈들이 하도 캐가(지내지 못하게 해서)
가마이(몰래) 제사 모시고 했다. 음력은 우리 조선 사람 설이라고 반대했
지. 정월 대보름은 관계없고(상관하지 않았다). 어릴 때 보름에는 촌에
거름 모으는 데 있잖아. 잡곡 같은 거 맹거러 가지고, 머가 맹거노 카며는
수수(수끼)카는 거 숨가(심어)가지고, 껍질 비끼뿌며는 안에 끼(것이) 나
와요. 안에 꺼는 몰랑몰랑하다. 고것으로 머~어를 맹거노 카만 보리도
맹거고, 또 나락도 맹거러 가지고 그 꼽아 가지고 보름되면 달 보고 와 가
지고 그 놈 타작하고 올개(올해) 농사 잘되도록 말이지 그런 노래 해가매
타작도 하고 그랬지. [왜놈들이] 추석은 탄압 안 했어요. 추석은 명절 때
니까 조~오치. 그 당시는 집안 팔촌까지 한 목에 제사를 모시는 거라. 여
러 집이니까 하루 종일 제사를 지내야 돼. 요새는 형제간도 마이 떨어지

면 단 한 집만 지내고 그렇지. 왜놈 때와 해방된 뒤에는 팔촌간이고 머~ 어고, 오촌이고 한테 제사를 지내거든. 그러니까 하루 종일 제사를 지내지. 여나믄 집 되는 거라. 또 그 당시 설에는 미리 새배하러 오거든, 제사모시기 전에 친척 아이들은 어른들 보러 오는 거라. 보러 오면 떡국끼리 (끓여서)가 한 그릇석(씩) 주고 또 안 거라면 세배 돈도 주고 그라제. 단오 때 우보에서 씨름도 했어. 여자들은 창포도하고. 나무에 그네도 매어 놓고, 그네도 뛰고 말이지 이래 마이 놀았다. 단오가 큰 행사지. 단오 때 우리 보면 와~아 씨름하는 구경이 재미있었어. 씨름하는 거기에 가 보면 대구 여~어 잘한 사람들 마이 왔거든요. 우보에 오면 냇가에서 씨름했거든. [외지에서도 구경] 마이 왔어요. 대구에서 씨름을 잘하는 사람, 김약국 아들카면 일류 씨름 선수라. 그런 사람들 또 대구에 나○○이라고 있어. 그 사람들은 전국 일이등 가는 사람이라. 일등하며는 황소 한 마리 주거든. 그런 땜에 씨름하러 거기에 오는 기라. 이등은 맛나 없고. 전국적으로 다 오고, 황소 한 마리 탈라고 다 와요. [대회를] 몇 일 하지. 첫머이는 애들 씨름하고, 다음에는 오새 같으면 중학교, 고등학교, 대학교, 마지막에 장사씨름 하지. 장소는 우리 마을 앞에 장터가 있어요. 장터에 모래 마이 갖다 놓고, 씨름판을 맨들어 가지고 하지. 씨름대회가 왜놈 때부터 그래 하니까 언제부터 했는지 모르겠어. [순사가] 방해하는 그런 거는 없어요. 놀이도 하고, 시장에서 술도 팔고, 온갖 거 장사도 하고 그랬지. 외지에서 사람들 마이 모이잖아. 마이 모여야 장사되잖아. 약장사도 오고. 여러 곳의 장사들이 모이지. 그때는 가짜 그런 거는 없었다. 오새 가짜 [약장새] 그런 거 있지. 옛날에는 가짜 그런 거는 없었다. 멀리서 구경꾼이 마이 오지. 씨름 구경도 하러 오고. 그런 땜에 장사가 잘되고 그렇지. 남녀노소 누구나 구경하지. 여자들도 마이 구경하러 와요.

어르신 집에도 머슴이 있었습니까?

우리 집에는 머슴이 없었어. 마을에 머슴 있는 집이 한 여~나믄 집 넘기 있었지. 두 사람(머슴 두 명)이 있는 집이 있었지. 와 그런가 카면 큰머슴, 적은 머슴이 있지. 적은 머슴은 소나 믹이고 풀이나 비고(베고), 큰머슴은 농사일 전부 다 하고. 적은 머슴은 그저 열대 살 미만(으로) 소나믹이는 고런 아이들이 적은 머슴이지. 밥 메기(먹여) 주고 옷 해주고, 적은 머슴은 고런 거 해주고, 큰 머슴은 돈을 마이 주지. 쌀을 몇 가마씩 주고 이랬지. 큰 머슴은 일 년 하면 쌀을 마이 타서요(받았어요). 딴 마을에서도 오고, 마을에 없는 (가난한)사람들이 (머슴살이를) 하고, 또 반머슴이 있었다. 반씩, 말하자면 보름은 그 집에서 일하고, 보름은 자기 집에서 일하고. 그렇게도 했어요. 주인집에 영(계속해서) 사는 사람도 있고. 큰 머슴은 전적으로 그 집에 살고, 또 안 그라면 자기 가정이 있어서 주인집에서 일하고, 지녁(저녁)에 잘 때는 자기 집으로 오고, 집이 없는 사람들은 주인집에 오면 방도 있시니까 묵고 자고 했지. [주인은 머슴을]마이 부려 먹은(일을 시킨) 택이지. 요새 집 짓는데 같으면 사장이 밑에 종업원을 지(자기) 멋대로 부려 먹잖아. 그런 제도였지. 식모도 있었지. 우리마을에는 식모 두 집 있었다. 식모는 밥이나 해주고, 빨래하고 또 농사일 거들어 주고. 아이들 봐주는 거는 식모가 안 하고, 어린 애들 봐주는 아~들이 있어. 아~들이 적은 머슴같이 열대살 미만 고런 애들은 주인집 애만 업고 댕기면서 봐 주고 밥이나 언어 먹고 옷이나 언어 입고 하는 고런게 있었어.

밥을 어떻게 했습니까?

솥에 나무 때가 밥했지. 나무는 남자들이, 젊은 애들이나 안 거라면 부모들이 말이지 산에 가 가지고 나무 해가 왔지. 그때는 산에 가도 나무가 없어. 갈비(솔잎) 같은거 끌어다가 불 지피고, 또 왜놈들 속갑(솔가지를 자른 것) 카는 거. 그거는 [짜르기 위해] 허가증이 있어야 하거든. 우리 동네는 산이 마이 있어 가지고, 디기 안에 가며는(산속 깊이 들어가면), 우리 마을에서 거기까지 가려면 십리 넘어요. 거기 전부 동네 산이거든. 동산이 돼 가지고 나무는 흔했어. 그래 가지고 나무를 해 가지고 와서 밥해먹고. 정지(부엌) 안에 땔감 마이 재놓지(쌓아 두지). 쌓아 놓고, 거가(그것을 가지고) 밥해 먹고 그라고. [겨울 전에] 장작도 마이 해다 놓고 미리 준비를 해두지. 또 나무하러 가며는 임마들(아이들이) 나무도 안 하고 양지 쪽에 앉아 가지고 놀음이나 하고. 그때는 보니까 화토가 아이고 문종이 같은 데 일이삼자 기리 갖고(그려서) 하는 것 같데. 해보지는 안 했어. 나이만은 머슴들 있잖아. 머슴들이 무얼 하는가 보면 그걸 기리가 해. 그래 하다가 시간이 되만 나무를 쫌 해 가지고 오고.

겨울철에 반찬으로 무엇을 먹었습니까?

반찬은 시장에 반찬 사가 오면 있고, 안 거리면 겨울에는 밭에 반찬이(채소가) 없잖아. 무시(무우) 같은 거 묻어 놓았다가 그거 가지고 와서 시장 가서 고기라도 있으면 사 오지. 그리고 [밭에 묻어 둔] 무시 내가 썰어 가지고 국을 끼리든도 하고, 또 겨울에 김치 마이 담거든. 촌에 김치를 마이 담는다. 물김치를 또 담는다. 물김치 그놈은 서운하고, 물김치 담는 데는 무시도 쫌 넣고 배도 넣고 여러가지 넣어 가지고, 그거는 우리 겨울에 보며는 노(놀)다가도 누구 집에 김치 맛있다 카면 그 집에 가 김치 오베가(훔쳐서) 먹고 이라지. [하~하] . 김치 시원하게 맛있어요. 배추 통배추 있잖아, [김치 단지를] 열어 보면 누리무리한 게 참 맛이 좋아. 또 안 거라면 겨울에 우리 지녁에 노다 보면 배가 고프잖아. 배 고프면 쌀을 쪼매끔 가져가서 김치하고 밥도 해 묵고, 그라고 그 당시에 "우리 온(오늘) 지녁에 어디 가서 머~어 쫌 오베 오자" 카면, 남(다른) 동네 가거든. 닭 같은 거 한 마리씩 오베 온다. 남 동네 누구 집에 가면 닭 믹인다는 거 알거든. 호주머니에 손을 이리 넣어 가면 떳떳하잖아. [손이] 떳떳하면 닭 목 뒤에 놓으면 닭이 가만히 있어요. 닭이 소리를 내지 않아요. 목 틀어 가지고 잡아 오지. 그래도 그 당시는 아~ 이거 이웃동네서 와가 장난치는 거라고 생각하지. 요새 같으면 도둑으로 몰려 큰일 나지. 옛날 왜놈 때, 해방되고 그때는 그걸 보통으로 생각하고 그랬어. [당시에 도둑이] 있었지. 쌀 같은 거도 이라 뿌고(잃어 버리고). 그런 거 더러 있었지. 도둑을 잡으려고 경비도 하고 그랬잖아. 우리는 먹고 지내는 거는 괜잖아서요. 안 그래도 왜놈 때하고, 해방된 뒤 이야기 하만 경노당에 모인 영감들이 "니는 임마야, 배도 안 고프고 잘살았네. 우리는 노다지 남 집에 살고, 애먹고 이래 살았다" 안 카나. "니는 임마 그때도 잘 지냈고, 오새도 잘 지내고 팔자도 조타" 칸다. (허~허~).

당시 겨울은 추웠지요?

춥지. 노인들이 머했는고 카며는 짚 가지고 자기 쓸꺼(사용할 것) 맹거지. 거름같은 거 치울 때 사용하는 소구리 겉은 거 있다. 그것도 맹거고 또 곡식을 넣을라 카면 짚으로 맹거는 거 있다. 그것도 맹거고. 가마이, 짚 가마이 있잖아. 그것도 치고 그랬지. 우리 마을에는 짚 가마이 마이 안 치고 머 했노 카만 꽃 자리라고 있어. 그걸 마이 했다.

겨울에 여자들은 질쌈(길쌈)이나 하고 있고, 또 남자들은 술집에서 술을 묵든도 안 거라면 화토나 치고, 이거 머~어고 돈내기 윷놀이 그런 거했지. 어린 애들은 그저 아들 모이(모여) 가지고 머 했나 카면 앞 냇가에서 불 나아(피워)놓고 스켓또(스케이트) 맹거러 가지고 얼음 마이 타고, 또 안 거라면 쪼금 햇빛 나는데 고런 데서러 요거 와~아 촌에 보며는 버릿(보리)짚 재노어만(쌓아 놓으면) 햇빛 나가 따뜻하거든. 거 앞에서 돌치기 하고 자치기도 하고. 또 머하는고 카면 돌 가지고 꼼백기 박는 거, 이래 박는 거 있잖아. 여(기에) 밋게(몇 개) 나아 놓고 돌을 받는 거 거런 거도 하고. 그래 놀이 하고, 노다 집에 오고 그래.

겨울에 어떤 옷을 입었습니까?

옷 같은 거는 한복, 솜 나아(놓아) 가지고 만들어 입고. 내의(내복)는 없고, 빤스(팬티)도 없고, 혹 내복 입은 사람은 있고 그랬다. 겨울에 보통은 모욕없다. 설날 한 번 했다. 모욕을 어떻게 했는고 카면, 촌에 가면 소죽 끓이는 큰 가메(솥) 있다. 그 인자 물을 끓여 가지고, 한 번 몸을 씻껏다. 춤어 가지고 손이 다 터고 그랬지. 어대 양발은 신었나(신지 않았다). 그라고 해방되고는 면소재지에 가며는 목욕탕이 하나씩 생기고 이랬지마는. 내락 보먼 집에서 불 낿여 가지고 한 번 씻고 이랬지. 어떤 사람 보만 자주 안 씻어서 때가 주렁주렁하고 이랬다.

보리고개가 언제였습니까?

보리고개 한창 어려웠지. 촌에서 안 카나. 보리 고개는 보리가 한창 필라고 할 때, 고때가 제일 배가 고팠다. 보리가 오월이리, 삼월 사월 고때쯤 되겠다. 그때는 보리는 새파라체, 못 먹제. 고때가 제일 어려운 시기

였지. 나무 뿌리도 캐다 묵고, 온갖 거 다 캐다 묵고 그랬지. 또 송기 그것
도 꺾어 가지고, 껍질 한 번 빼끼 뿌고, 고 안에 보다라번거(부드러운 거)
있거든 고걸 삐끼 가지고, 어떤 사람들은 보면 거것을 많이 삐끼 가지고
물에 당가낫다가(넣어 두었다가) 나중에 푹 쩌 가지고 떡같이 해가 먹고.
또 칠기 뿌리도 먹고 머~어 참 애 먹었지. 봄에는 나물 겉은 거 마이 먹었
지. 쌀을 쪼금 먹어야 사람이 부기가 안 나는데, 노다지 쌀은 하나도 안
먹고, 거런 거(송기, 칡, 나물 등) 묵어니까. 사람 얼굴을 보면, "저 사람
들 억시기 몬 먹고 사는구나" 하는 표시가 나요.

여름에 모기가 많았지요?

그때는 모기가 언제 있는고 카면, 지녁(저녁)에 마당에서 잔다. 마당
에 머~어 까노 카면, 겨울 되만 짚 가지고 멍석 카는 거 맨건다(만든다).
멍석 깔아 놓고 바람이 불어오는 방향에 풀 같은 거 해 가지고 와서 불 피
운다. 불 피우면 연기가 나서 [멍석 쪽으로 불어 온다]. 그래 가지고 멍석
위에서 잔다. 그래 자며는 지녁에 늑대 카는 짐승이 온대. 늑대 많았다~.
늑대 보고 말고. 왜놈 때는 혹 봐고. 우리 고향에는 늑대 마이 있었어요.
마당에 자면 [늑대개 와 가지고 어떤 때는 사람 물고 가면, "늑대 왔
다" 카면 물고 가는 것도 몬 물고 가게 하고. 그런 땜에 아~들은 복판에
재우두룩 하고 나이 많은 사람들은 백에다(가장자리 쪽에) 자고 이랬다.
한두 마리 온다. 마을로 댕기고 했다. 돼지도 물고 가고, 애들도 물고 갓
뿌고 그랬어. 우리 마을에도 애를 하나 잃어 뿌고 했어. 늑대 무섭지. 다
른 동물은 예수(여우)카는 거 있었다. 고놈은 사람 햇고지는 안 해. 우리
가 산에 가보면, 고놈이 머하노카며는 애들 무덤을 파 가지고. 예수 지가
무덤을 몬 판데~이. 누가 파노 카면 너구리카는 거 있다. 너구리가 구무

뚫버가 해노면(구멍을 뚫어 놓으면), 여우가 파 가지고 영장(시신을) 떠 더 묵어 뿐다. 갈가지, 범새끼 고런 게 있었지. 범새끼 카니까 생각난다. 해방 후에다. 내가 대구에서 지녁으로 차 타고 가거든. 아홉시나 이래 되 가 우보에 기차 타고 내리며는 한 열두시, 열한시 넘어 된다. 우보 철도역 에서 들 건너가면 냇가거든, 냇가 건너며는 고기에 산이 하나 있어요. 고 탁 오면 우리는 틀림없이 고놈이(범새끼가) 있다는 거 알거든. 요놈이 말 이지 흙을 막 퍼붓는다. 모리만 겁나요. 흙을 막 퍼부며는 내가 미리 안 (알고 있기) 때민에 자갈돌을 쥐요(주워 잡아요). 자갈을 떤지면 안 되고, 돌을 대여섯 개 쥐며는 무서버(무서워) 가지고 손에서 땀이 나거든. 손에 땀이 나면 돌이 다 젖어 뿐다. 젖어 뿌며는 한도 개 널짜뿌거든(떨어떠린 다). 널짜뿌면 고놈이 거기에 와 가지고 돌에 묻은 땀을 다 빨아 먹을 때 까지는 흙을 안 퍼부어요. 고때 걷는다. 또 오면 그라고. 고래 가지고(그 렇게 해서) 마을까지 왓 뿐다. 사람을 해치지는 안 해요. 고 놈은 사람의 혼을 빼는 거라. 여름에 동물들이 많고, 겨울에도 고놈이 고기에 나타나 고 했다.

가을에는 풍족하였지요?

머라도 풍족하지. 산에 가면 밤도 있고, 미~어 온갖 거 나 있시. 과일도 있고 해서 괜찮지. [일 년 중] 보리 고개가 제일 에러벗지(어려웠지). 보리 고개 때는 "자기 아버지가 딸네집에 와도 싫어한다" 안 카나. 말이 안 있나. "아버지요, 아버지요, 어제 고개 넘어 올 때 말이지. 무신 꽃이 안 핏던교" 카는 말이 있다. 저~어 미뭄(매뭄) 꽃핀 때가 제일 에러버(어러 워)했거든. "그것도(매뭄꽃이) 안 핏던교? 그것도 안 보고 왔는교?" 했다 칸다. 그때가 먹고 살기가 제일 에러버다. 마을에서 밖으로 나갈 때는 걸어다녔지. 먼 곳 갈 때는 차 타고 댕겼어. 기차도 있었고, 옛날 같으면 뻐스가 십오인승 안 되는 쪼맨한 거 있었다. 고거 타고 댕기고 그랬다. 요거는 왜놈 때다. 멀리 갈 때는 기차 타고, 가까운 데 갈 때는 뻐스 타기나 안 거라면 건너 가며는 추럭이 온다. 옛날 와~아 장작 싣고 다니는 오새 같으면 육발이가 사발이가 왜놈 차가 있었거든. 고거 댕기면 쫌 서아(세워) 돌라 카면 서아(세워) 주지.

3. 해방과 대구 생활

해방 당시에 마을의 분위기는 어떠하였습니까?

해방됐다 카고부터 마을의 분위기는 왜놈 때 면서기다, 동네 구장, 요
새는 동장아입니까. 그 사람들이 왜놈한테 앞재비 돼 가지고 일했는 거.
그런 기 나쁘게 보이거든. 그래 가지고 해방 딱 됐다 카니까 구장 집이다,
면서기 집에 가 가지고 살림이고 머~어 전부 절단내 뿟는 기라. 쫓기나
가고 마이 두들겨 맞고 그라데. 사람이 다치고 이라지는 안 하고. 그때
우리는 해방이 어떻다는 것도 몰랐고, 왜놈 때 공부하고 이래 노니까 말
이지 그런 기분에 대해서는 크기 자세히 모르겠어. 해방될 때 나이가 열
여덜(덟)이지. 우리 동네에서 우보 면소재지에 가니까 지서에서 왜놈들
쫓쳐내 뿌고 점령하고 그랬어. 왜놈들 밑에 있으니까 면 단위에도 왜놈
밑에 앞재비 섰던 거는 전부 피난나가 뿌고 없고, 미리 자기네들은 알고
연락을 했든지 다 가 뿌고 없고. 학교 선생들도 나쁜 사람은 함부로 미리
다 피해 뿌고 없어요.

무엇이 좋아진다고 마을 어른들이 이야기했습니까?

해방되니까 우리나라는 독립돼 가지고 앞으로는 자의적으로 머~어라
도 한다 그런 거지. 땅 거는 머~어 없고. [해방 이후에 바뀐 것은] 크게 없
었지. 농사짓는 사람은 농사지어 가지고 묵고 살면 되고 그랬지. 변화는
없었어. 저거는 쫌 마이 있더라. 해방되고 일이 년 후에 좌우가 있었다.
좌익계, 빨갱이들 아인교. 그것이 있어 가지고 마이 설치샀는 거라. 와~
아 보도연맹 카고 자기네들에게 가입하라 카고, 그린 기(그런 것이) 쫌
운동을 하데. 나는 우했는고 카면 해방되고 일 년 더 공부했거든. 해방
일회는 왜놈 시대에 공부했는 사람들은 한국말도 모르고, 한국 국어를
새로 일 년 배았는 거라. 우리말로 전부 배았는 기라. 우리 글 다 배우고,

나는 바로 대구로 올라와 뺏거든. 그때는 [대구에 있는] 영신학교가 야간 부거든, 거기에 드러가 뺏는 기라.

해방된 이후 소학교에서 배울 때 일제시대와 비교해서 차이가 있었습니까?

마이 다르지요. 우리말로 배우고 하니까 더 낫지. 일제시대는 전부 다 왜놈말 배우지. 학교에는 한국 사람 선생도 있었고, 왜놈들은 둘이가 서이 있었는데 가 뿌고 없고. 한국 사람이 학교 선생질 했어. 교육시키는데 그 사람들은 아무 관계가 없지. 일제 때 압잽이 이런 사람들은 전부 자기네들이 미리 피해 뿌고 없었어. 학교 선생도 왜놈 앞잽이하던 사람들은 전부 교단에서 물러나 버렸지.

할머니와 어떻게 결혼하셨습니까?

열여덟에 결혼했지. 할무니(할머니)는 중신해 가지고 만났지. 우리 오촌 할무이 자기 친척이라. 고향의 친척인데, 그래 중매를 해 가지고 결혼했지. 결혼할 때는 보지도 못하고, 말만 듣고 결혼한 택이라. [할머니의 나이는] 내보다 한 살 더 많고. 그리고 우리 밥재이는 왜놈 때 어디에 다녔노 카며는 서울 광목공장에 다녔어. 직조공장 안 있나. 옛날에 무명가지고 베 짜는 공장이다. 그 당시는 [직물공장을] 다니며는 월급(이) 밋나(얼마) 안 되고, 이야기를 하는 거 보며는 베를 오배(훔치)는 거. 우리도 전매청에 다닐 때 담배를 어디에 넣어 가지고 나오거든. 옷을 어해 가져나오는가 물어보면, 몸이 약한 사람은 베를 몸에 감는다 카거든, 몸에 감고 나올 때 수위가 검사하거든. 그러면 수위를 아는 사람이 있시면 통과되고. 그래 봐주면 나와 가지고 베를 팔아서 공장에 들어갈 때는 수위인

데 고맙다고 머~어 쫌 사주고 드가고 하지. 서로 간에 그래야지. 월급이
안 많으니까 그 사람들은 그래 가지고 "베를 마이 팔아먹고 그랬다"
케요. 일은 안 힘들고, 우리 밥재이는 머~어까지 했는고 카면 오너(주인)
바로 밑에까지 올라갔어. 베 짜는 기술자라. 공장에서 한국 사람으로 제
일 높은 곳에 있었어. 말하자면 감독이었지. 베틀 사이로 가면, 여자들이
베를 짜다가 [기계가] 고장나면 보고 곤치(고쳐) 주고. 그것을 미마리라
했거든. 그런 일을 하는 때문에 오래 일을 해서 돈을 많이 벌었어. 할머
니는 직물공장에 열대 살 때 드(들어)갔지. "십 오세쯤 되가 드갔다"
카데. 내가 결혼할 때 처가 집에 가 보면, 그저그저 살았지. 고향은 의성
이라. 우리 마을에서 산만 하나 넘어가 뿌면 고라(거기라). 옛날에 전부
다 몬(못) 살았잖아요. 아가씨들은 아는 사람을 통해서 (혹은) 촌에 모집
하러 오면 따라가서 그래 일했지.

결혼했을 때 어르신의 기분은 어뎌하였습니까?

기분은 결혼한다 카이 조았지. [허~허] 할머니 얼굴을 몬 봤지. 그때 당
시, 해방되고 연(직후)에 결혼할 때 [색시의] 얼굴도 모른다. 며칠 있어야
알지. 첫날밤에도 색시의 얼굴이 우에(어떻게) 생기는지 모른다. 옛날에
는 구시 결혼식 아닙니까. 첫머이(먼지) 결혼하러 길 때 가매 타고 가거
든. 가매 타고 색시 집에 가 가지고 있지만, 시간 딱 돼 가지고 색시가 나
오면 [결혼식 올리지]. 구식으로 한복 전부 다 입고, 여자도 족두리 해 가
지고 그래 결혼하지. 첫머이 신랑이 신부집에 가거든. 신부집 마당에서
상 채려 놓고 결혼식 하지. 동네 사람들이 다 모이고 하지. 결혼식 날에
머~어 하노 카면, 상에 [음식을] 채려 나아(놓아) 놓고, 양쪽으로 닭 한 마
리씩 놓고 결혼하지. 결혼식에서는 장난은 크게 없다.

결혼식이 끝났 뿌만 신랑은 신랑 방으로 드가고, 신부는 신부 방으로 드가뿌고. 첫날 지녁에는 예물상이라고 채려 가지고 한 상 들어온다. 술로(을) 쫌 부어가 신부 쫌 주고, 나도 먹고 불 꺼고(끄고) 자만 되지. [첫날밤은] 몬 잔다. 어해가 자는가 볼려고 문종이 전부 다 떻어(뜯어) 뿌고. 그렇게 하는 때문에 자지도 못해. 동네 사람들이 결혼식에 전부 다 오고, 또 이웃 사람들이 부조 카는 거 하지. 부조로 술을 가지고 오든지 안 거라면 돈을 주든지 서로 부조하지. 묵을 해가 지고 가는 사람도 있고, 촌에 술을 해 여(담아) 가지고, 막걸리를 한 말씩 가져가는 사람도 있고. 거지한테도 음식을 마이 조야 돼. 안 거라면 나쁜 소리하고 그래. 그 사람들 후하게 [음식을] 주고 그랬어. 어느 동네 머~어 한다 카는 소문을 미리 듣고 마이 와요. 행패를 부리거나 그라지는 안 해. 그 사람들에게 만족하도록 몬 주고 이라면 행패 부리고. 그런 땜에 그 사람들에게 마이 주라고 카지.

지금과 같은 신혼여행이 있었습니까?

결혼한 뒤 삼 일 만에 딴 집, 처삼촌 집 같은 데서 자고. 삼 일 만에 신부하고 따로 떨어져가 하룻밤 자지. 첫날밤과 이튿날 밤은 처갓집에서 자고, [셋째날] 하룻밤은 딴 집에서 자는 거라. 할머니 그때는 괜찮었지. 일 년은 거기에(처갓집에) 두잖아. 신부집에 일 년 있다가 이후에 시집으로 오는 거라. 그때 풍속은 그래요. 자기 집에 일 년 있는 동안에 신랑이 몇 번 처갓집에 왔다갔다 하지. 신부는 시집에 왔다갔다 모하고, 신랑이 처갓집에 가고 싶어만 일 년에 몇 번 가보고 하지. 자주 가고 싶지만 갈 때는 빈손으로 몬 가거든. [처갓집에] 갈 때는 물건을 하나라도 사서 가지 그렇지, 머~어.

일 년 동안 신부, 할머니는 친정에서 어떠한 일을 하십니까?

촌에서 하는 일은 질삼(길쌈)하고 살림살이지. 부인들은 베 짜는 거 이런 거 배우고 하잖아. 처음 결혼해가 처가 집에 가 봐도 색시 얼굴도 몰라. 서너 번 보면 아~아 어떻다 알지. [할머니에게 좋아한다는 말은] 쫌 있다(시간이 지난 뒤) 표현하지. 연해(직후에는) 머~어 안 하지. 일 년 후에 새로 날로(을) 받아 가지고 오면 우리 집에서 마을잔치처럼 하는 거라. 그때 신부는 가마 타고 오고. 잘사는 집의 남자들은 말 타고 가고 혹 가마도 타고 가고 이랬지. 대략 보면 남자는 그냥 걸어서 처갓집 가지.

결혼한 뒤 생활비를 어떻게 해결하였습니까?

부모와 한집에 사니까 머~어. 니는 그게 [독립적인 생활을] 모한(못한) 거라. 부모들이 알아서 전부 다 생활하고 이랬지 머~어. 농사일 쫌 하다가 학교 때문에 대구로 올라왔 뿃지. 대구로 공부하러 왔지. 할머니(부인)는 촌에 있고. 내 혼자만 [대구에] 올라와 가지고, 마을에서 한 네 사람이 영신학교 야간부에 들어간 거라. 저녁으로 공부하고, 낮으로는 인제 신문배달하든지 안 거라면 딴 부업을 해서 학비를 벌어야 되거든. 집에 밥재이(아내)가 "공부해야 된다" 카며 보내주데. 그래서 공부하러 대구 왔어. [집안 형편은] 공부해도 아무 관계없었다. 대구에 와서 첫머이는(처음에는) 어디 있었노 카며는 내가 있던 묵었던 집이 목사거든, 우리 고향에 그 목사님의 교회가 있거든. 거기에 목사님이 자주 왔어 [그래서] 잘 아는 분이거든, 어릴 때는 교회에 다녔지. 그래 가지고 교장님이 어데 살았는고 카면 의성 천산 사람이거든, 내가 자기 집에서 먹고 저녁으로는 학교 댕기고 했어. 밥값 쪼매 주고 그래 있었어요. 돈은 마이 안 들었어요. 영신학교를 삼 년을 다 다녔지요. 우리가 영신학교 일회 졸업생이라.[16] 졸업할 때 한 백 명 가까이 되어실꺼라. [학생들 간에] 나[이] 가 차[이] 가 마이 있었거든. 나가 우리보다 한 열 살 더 차가 나든가 또 밑에 젊은 사람들과 나이 차 때문에 서로 공부만 하고 이랬지. 나는 중간쯤 되지. [나이가 적은 사람은] 우리보다 대여섯 살 적은 사람도 있었지.

과거에 비해 결혼 풍습이 어떻게 변했습니까?

마이 변했지요. 요새 신식 결혼보다 옛날 구식 결혼이 좋잖아요. 구식은 신부집에 가서 마을분들 전부 다 모이 가지고 결혼식 하지. 요새 신식은 아무래도 촌에 사람들이 모인다 카지만 젊은 사람들만 오지 나이 많은 사람들은 모(못) 오잖아요. 옛날 구식으로 신부집에 가 가지고 결혼하면 좋지. 요새는 결혼식 해가 저거끼리 사니까 좋지. 옛날에 보면 어떤 분들은 시어머니가 며느리를 마이 부려 먹었거든. 며느리가 쪼끔 잘못하면 나쁘다 카고 해서 애로(문제)가 많았는데, 요새는 그런 기 없잖아. 결혼 직후에 나가 뿌니까 부모한테 그런 꾸리람을 받지도 않고. 결혼했뿌면 마음대로 나가 살고 하니까 그런 점에서는 젊은 사람들은 좋지.

영신중학교 선생님들은 나이가 어느 정도 되었습니까?

우리보다 한 대여섯 살 많았을거라. 그때 학교 선생이 몇 명이 있었노 카면 세 사람 있었거든. 경북대 사범대 학교 다니매, 그 사람들도 부업삼아, 그러한 일을 부업이라 캐도 되나. 낮으로는 경대 나가고, 저녁으로 영신학교에 나오지. 그 사람들은 실력이 다 괜찮았어요. 지금도 보면 당시 선생님들이 교장도 하고 다 괜찮았어요. 운동회는 야간부에 다녔기 땜에 운동카는 거는 크게 없었어요. 낮에는 일하고, 밤에는 공부하는 땜에 말이지.

영신중학교를 졸업하신 뒤에 어떠한 일을 하셨습니까?

졸업하고 육이오 때 미군부대에 쫌 다녔고. 미팔군, 거기에 한 일 년 다녔다. 아는 사람이 있어 가지고, 졸업하고 노니까 "미군부대에 댕겨 보라" 고 해서 들어갔지. 거 다녀도 머~어 [그렇고 해서] 쫌 있다가 나왔 뿟어. 전부 다 잡일이지. 물건 같은 거 딴도로(다른 곳으로) 옮겨 주고, 안 거라면 부대 안에 풀 뽑아 주는 그런 일했어. [부대 내에 한국 사람들이] 마이 있었지. 여자들도 있고, 남자들도 있고. 통역관도 있고. 어느 정도는 영어로 [말 할 수 있었지]. 숨은(쉬운) 거는 배왔는 땜에 미군들과 통하고 그랬지. 그래 가지고 미군부대에 쫌 있었지. 영신학교를 다닐 때 영어를 배웠어요. [간단한 영어는] 했지. 와 ~아 숨은(쉬유)거 요런 거는 쪼금 했지. 오새는 다 잊어 뿟다. 고런 거는 쫌에 하고 이라지 딴 거는 모린다(모른다).

대구에서 학교 다닐 때 할머니는 고향에 계셨습니까?

촌에 있었지. 한 달에 한 번 가거나 식량 떨어지만 한 번씩 가고 머~어. 자주 모 오도록 하고, "공부나 하고 오지 마라" 카고 그랬지. [대구에서 군위로 가려면] 팔달교에 가서 머~어 타고 가는가 하며는 추럭 타고 가지. [그런데 추럭을 탈려고 하며는] 못 타거로(타도록) 하거든. 가마이(천천히) 갈 때 뒤에서 따라가다가 퍼떡(빨리) 올라 타고 가지. 그래 가서 차비 쪼매 주고, 어떤 때는 운전수가 알아도 학생이니까 "얼마 내라" 카면 타고 가지. 버스도 있었다. 추럭 타고 가든가, 안 거라면 기차 타고 가든가 하지. 기차 타고 가며는 우보 가가 니(내)리지. [촌에 가면 할머니가] 반가와하고, 또 "돈도 없지 카며" 돈도 쪼끔 얻어 올 수 있고. [히~히] [고향 가서 할머니와 밖으로 놀러 가는 것은 크기 (많이) 모하지. 촌에 농사

일하니라고 그런 여유가 크기 없어. 우린 그때 머 했는고 카면 과수원, 사과밭이 있어 가지고, 거기에 매달리가 일한 땜에 수입은 괜찮었지만 밖으로 나갈 여가도 없고, [할머니를] 볼 여가도 없고 그랬어.

영신학교 야간부에 다닐 때 학생들이 대구에 어떤 곳에 놀러 다녔습니까?

우리 학교 다닐 때, 단체적으로 어디에 갔노 카면 송림사 절에도 한 번 가봤고,[17] 팔공산 거기에 큰 바우가 있다. 가산 바우 카는 데. 거기에서 가 보만 왜놈 때 성 쌓아 놓은 거 있거든요.[18] 성 구경하고, 인솔자가 이야기하데, "여기에 무신 장군이 있었는데, 그분이 여기서 군량미도 마이 올려 놓고 오래(동안) 왜놈하고 싸웠다"고 카데. 큰 바우 보며는 [크기가] 논 한 마지기쯤 될끼라. 그렇게 크요. 제일 가운데 보며는 뻬~어꿈(움푹한 곳)하게 있는데 옛날에 거기서 "물이 났다(솟아 올라왔다)" 커거든. "그 물 가지고 묵고살았다"고 [이야기해]. 거기를 가산산성이라 카거든. 가 보면 유명한 곳이라.

신천 주변에 집이 있었습니까?

없었지. 신천 주변에 판자집도 없었어요. 옛날에 마카(모두) 뭐고 카면 애들(아기들) 무덤이다. 그때는 애들 병 해가 전부 몰살 다 했거든. 신천동 이짝(쪽)으로 전부 애들 무덤이다. 그때 [내가 살았던] 교장집이 어디에 있어노 카며는 경북대 의과대학 바로 앞에 있었거든. 고서러 보며는 사거리 있잖아. 사거리 몬 미쳐 고 어디 있었거든. 고서러 우리가 지녁으로 중앙통 한 번씩 구경하러 가거든. 중앙통으로 올라가면 아카시아도 서 있고 해서 마~아 겁이 났다. 사람도 마이 안 댕기고, 겁이 나고 그랬는데 머~어. 이 짝(신천 주변) 이리로는 전부 허허벌판이고, [수성구 쪽으로는] 전부 논·밭이고, 허허벌판이다. 동인동 거(기에) 가며는 실 푸는 공장이 있었다. 주변은 전부 뽕나무밭이라. 그때는 그랬구만. 고 (동인동) 제사공장이 있었고, 또 어디에 있었노 카며는 저~어 봉산동 가며 는 대구상고 위에 거기도 보며는 실 푸는 제사공장이 하나 있었고 그랬 다. 공장에는 아가씨들이 많았지. 누에 믹이 가지고 꼬치(에서) 실 뽑아 가지고 베 짜고 그랬어. 전부 밭이고, 높아야 이층집이고 고랬지. 왜놈 집 마이 있지. 삼덕동 고가 왜놈들 마이 살았지. 옛날에 부자촌이 어디에 있었는가 카며는 전매청 밑에 거기가 부촌이지. 거기 가 보면 기왓집이 마이 있었다. 딴 데는 보면 집이 형편없었지. [육칠십년대] 신천 주변에 집들이 따게따게(촘촘히) 붙어 있었지. 마을의 아가씨들은 공장에 다니 고, 남자들은 리어카 끄는 사람 있고, 또 품팔이하는 사람들, 저~어 집짓 는데 가 가지고 일한 사람들도 있고 그렇지. [농촌에서 대구로 이사온 사 람들이] 마이 있었지. 그런 사람들은 대략 보면 주머니에 돈 없으니까 변 두리에 마이 살지.

대구 십일사건에 대해서 말씀해 주십시오?[19]

십일사건 때는 겁이 났어요. 좌익계 폭동이 일어나가 야단났는 거라. 그때 어쨌는가 카며는 우리가 살던 곳에 보도연맹에 가입해 있는 사람들 이 한 명 있었어. 어디에 살았는고 카며는 저쪽 동네에 사람인데, 그 사람 이 "온 지녁에 말이지 무신(무슨) 사건이 일어난다"고 하데. 기기네들 은 아데(알고 있었어). 그래 가지고 "어데 나가지 마라" 카데. 그래서 "와(왜)" 하니까. "지금 사건 난다" 카데. 그 이튿날 되니까 마~아 마~아 참말로 폭동이 일어나가 마이 죽었잖아. 낮에 밖으로 나가 보니까 마이 죽어가 있고. 순사들 댕기고 겁났어요. 총도 쏘고, 몽디로(몽둥이로) 마악 뚜디(두드려) 패고 전부 그랬어. 사건이 날 때는 휴교했지. 전부 겁이 나가 다 내뺏 뿌고(도망가고) 그랬어. 호열자 병[20]은 언제인지 잘 모르겠네. 해방되가 쪼끔 있다가 호열자 병이 돌았어. 병에 걸리면 다 죽어 뿌는 거라. 병이 생겨 가지고 밖으로 나가지도 못하고. 우리는 어디로 갔는가 카면 파계사로 해서 고향 갔다. 세 사람이 여기에(대구에) 있시면 안 되겠다 싶어가 무태로 해 가지고 파계사로 해서 고향 갔어. 사람들은 전부 죽어 나가고, 병원에도 몬 가고. 형편없지 머~어. 전부 시체고 그랬지. 그 병 겁났어.

　육이오 때에는 무엇을 하셨습니까?

　그때는 촌에 있었다. 육이오 나가 대구 몬 있어 가지고 촌에 들어가 농사하는 거 거들어 주고 있다가 피난나왔는 거라. 라디오에서 방송을 해 가지고 알았지. 육이오 나고, 피난나왔다가 [국군에 의해] 고향 마을이 찾아진 뒤에는 다시 대구로 나와 뺏는 기라. 나는 피난나왔다가 [군대 가지 않고] 어해 피해는고 카면 내가 신문사에 있었던 덕택이지. 우리는 하양 경문까지 피난나왔거든. 거기서 숨어 있었어. 그때는 뺏들리면(붙들리면) 전부 다 [전쟁터로] 가는 거라. 그래 가만 보니까 군복 입은 사람이 막 뺏들러 댕기거든. 군복 입고 댕기는 사람 가운데 음성 소리 들어 보니까 아는 사람이라. 박ㅇㅇ라고 매일신문사 기자라. 그래서 "아이고 박기자" 하니까. "아~다 반갑다" 하면 말이지, "임마야, 와 거 숨어가 있노" 카더라. 그리고 '나 따라 가자' 하고서 군복 하나 딱 주데. 군복 입고, 기자 조수질 해 가지고 [징집되는 게] 피했다. 집안 전체가 하양까지 피난 나왔어.[21] [마을 사람 가운데] 피난 안 나온 사람도 있고, 나중

수복 해가 마을로 들어가 보니까, 그 사람들은 좌익계라고, 지서 뿟들려 가서 마이 맞고 고생하고 그랬어. "그런 [좌익 계통의] 사람들이 남아 있었다" 이거라. 집들이 전부 불 탓 뿟지. 폭격시켜서 우리 집은 하나도 없이 다 탓 뿟어. 거기까지 인민군들이 마이 왔잖아.[22] 주력 부대가 다 오고 이라니까 비행기로 폭격시켜 뿟지. 마을에 몇 채 빼고는 전부 폭격당했어. 돌아와서 집을 다시 지었지. 촌에 나무 같은 거 해가 와서 집을 새로 짓고. 우리 집도 전부 새로 지었다.

육이오 전쟁중에 과거 신문사에서 일했던 덕을 보았네요?

마이 본 택이지요. 우리는 팔월 십오일날 촌으로 들어갔는기라. 드가니까 영장이 나오데. 한 삼 개월 있으니까 신체검사 하러 나오라카데. 그래서 우보면 소재지에서 신체검사 받았어. 군의들이 나와가 신체검사를 하는데. 나는 가만 보니까, 그 당시 다리를 절었거든, 그래 소령이 "와 저노" 카데. "다리가 아파서 그렇다" 카니까, 다리를 보디마는 "걸어보라" 카데. 그때는 찔룩거리매 걸었거든. 이래 보디만 곰배 정자(丁), 정종을 탁 때리 주데. 곰배 정자 정종은 [이것을 받은 사람은] 빙시라(병신이라). 말하자면 병종이다 이런 거 때리면 자꾸 영장이 나와 가지고 신체검사 새로 하고 이랬는데, 이거는 빙시 한 가지라. 그래 받고는 일절 신체검사가 안 나오고, 보국대도 안 가고 했어.

왜 다리를 절었습니까?

내가 나올(태어날) 때 두 다리의 [일부분이] 붙어 있었다고 해. 미신인지 모르지만 조부님이 촌에 살면서 소 질매 키는거 안 있나. 질매 카는 거는 옛날에 전부 다 소나무 가지고 따듬어서 맹걸어. 소 등에 질매 얹고 그

위에다 또 다른 거 놓고 농사짐을 싣고 다니거든. 소 등어리에 얹으려면 질매가 뽈록해. [어머니가 내를] 임신했을 때 아버지가 질매를 따듬어 놓으니까 다리가 붙게 되었다" 카매. 다리를 어헀노 카머는 나오니까 억씨 야문 대추나무를 다리에 딱 붙여 가지고, 피(펴)도록 해났어. 고정을 시켜 놓으니까 다리가 마비되어 마이 가늘어졌다. 지금도 쫌 절어요. 한 쪽 다리가 쪼끔 가늘어 가지고 군대를 안 갔지. 안 그라면 그때 한창 군대 갈 나이지. 그래 되었어요. 군대 면제되고 대구에 올라왔지.

건축일에 대해 이야기를 해주십시오?

처남하고 건축했거든요. 그때 여기(대구 중심지를 제외한 지역) 전부 논이다. 논밭에 집 지어 가 장사 막 했지. 집장사 막 하니까, 내 아는 사람, 형수님이 전매청에 다녔거든. "아이고, 그런 거 하지 말고, 전매청에 한 번 들어오라" 캐. 그래서 이력서를 하나 써 내나왔거든. 오라 카데. 그래가 고향 마을에 살았던 사촌끼리 둘이가 들어갔다. 그래 들어가 가지고 사뭇(계속) 있었지. 집장사는 한 이 년 했을 끼라. 집이 잘 팔리고 장사가 잘되었지. 나는 미장도 하고, 또 당시 집들이 와가(기와집)여서, 사다리 해 가지고 기와 이는데 흙 지고 올라가 가지고 싹~악 깔아 주고 기와도 이어 주고 그런 일했지. 처남은 미장도 하고 기와도 잘 이고 다 했지. [일하면] 보수는 괜찮았지.

할머니(부인)께서 대구에 언제 나오셨습니까?

대구에 나오는 거 언제쯤 인고 하면 내 집장사할 때 그때 나와 있었지. 육이오 지내고. 처음 신천 이동에 방 하나 얻어 가지고 같이 살았지. 내가 얻은 방은 우에(지붕은) 초가고, 그저 머~어 불 때고(피우고). 연탄도 안 때고, 불 때 가지고 밥 해먹고 그랬다. 장작을 구입하거나, 안 거라면 묵은 쏘깝(솔가지) 가지고 불 때고 했지.[23] 당시 시장에 나가면 반찬 마이 있잖아. 사다 먹고 그랬어. 그래 살며는 잘해 먹지는 못하지. 보통 해 먹고 그랬지. [할머니는] 그저 밥이나 해주고 그랬지. 건축일을 해서 돈도 벌고 생활했지. 그때 집 많이 지었지. 건축업은 집 한 채 다 지어 놓으면 또 짓고 자꾸 그랬지머. 내가 말하자면 '터를 하나 사 가지고, 목수가 나무 해가 지어라' 카면 같이 가보(협동)해가 짓고 했지. [직접 터를 구입하는] 그런 거는 안 하고. 건축업이 따로 있는데, 우리는 그저 집에 미장하고 돈 받고 했지. 대구에도 건축업자들이 마이 있었지. 의성 사람인데, 자기가 목재소 하매 집에서 나무를 팔고. 자기 집 나무로 집을 다 짓고 하는 그런 사람이지.

하루 일과가 어떠했습니까?

아침 일곱시가 되가 일하고, 지녁 해 빠져야 심마이(마무리)하는 기라. 돈내기(할당해서 일하는 것)니까 해가 빠져야 일이 끝나지. 일하는 사람들 보면 미장이다, 또 딴 거(다른 일을) 하는 사람들은 전부 띠가(할당 혹은 구분)하거든. 참은 두 번, 오전 오후에 먹는다. 낮(점심)으로는 밥 주고, 참으로는 국수 마이 먹고 그랬지. 일이 끝나믄 술집에 가가 고기도 먹고 그라지. 집으로 오다가, "우리 한 잔 하고 가자" 카면 한 잔 하고 집에 오고 그랬지. 옛날부터 나는 술, 담배는 모했어(못했어). 전매청에 있어도 술, 담배는 안 했는데, 머~어 술 안 한다고 [재미없는 삶은 아니지]. 안 그래도 요새 술 안 먹고 그래도 놀러 가서 놀기만 잘 누면 되지요. 그라고 카니까 전매청에 들어가 가지고는 자꾸 "술 먹어라" 케서 술 먹으니까 몸에 안 좋테. 그래서 술 안 먹었어요.

결혼 후 첫 애기가 언제 태어났습니까?

아들은 [할머니가 고향을] 있을 때 났어. 막내가 대구서 났고. 맏이가
오십, 둘째가 사십, 막내가 서른 서이. 둘이는 촌에서 났어. 아들 나니까
기분이 좋지. [특별히] 해주는 거 없지. 해바(봐)야 산모한테 미역 사 가지
고 잘 믹이고 그거지 머~어. 아들 낳았다고 기념하는 거 그런 거는 없잖
아. 맏이는 사뭇(계속) 촌에 있었다. 둘째부터는 대구에 와 가지고 공부
도 하고 했지.

4. 전매청 생활

단기 4294년(1961년) 1월 15일이 표시되어 있다. 1960년대 초반에 일반적으로 서기
보다 단기를 사용하고 있음을 알 수 있다. 앞줄 왼쪽에서 두번째가 김기홍 어른이다.
남자들의 머리 모양을 보면, 모두가 왼쪽에서 오른쪽으로 가르마를 탔다.

전매청[24]에 들어갈 당시 입사 시험이 있었습니까?

시험은 아이고. 이력서만 내고, 그 당시는 그냥 몬 들어가잖아. 머라도 선물을 쪼꼼 해야 들어가지. 그래 가지고 들어간 택이지. [전매청에] 그냥 안 넣어 주잖아. 선물을 쪼꼼 해야 안자 들어가는 그런 시대 아인교. 첫머이 내를 소개한 사람이 관리과 차석이거든, 관리과에 들어가면 제일 아인교. 차석이니까 제일 좋은 부서에 여(넣어) 주데. "여기 제일 낫다" 카매. 그리고 부서 책임자한테 "이 사람은 내가 아는 사람이니까, 일 같은 거 쫌 수월한데 시키라" 카고 이라니까. 그래 가지고 수월한데서 일했어. 머가 수월했노 카면 전매청에 가면 일층에 엽초 썰은 데 있어요. 엽초 썰어 놓은 거 크다란 구루마, 백 키로쯤 된다. 거기에 한 거(가득) 실어 가지고, 에리베타(엘리베이터) 타고 이층에 갖다 주지. 이층에 백양카는 데 여 주데. 백양은 담배 중에 최고 좋은 담배라.[25] 거기에 "엽초 운반하라" 카데. 엽초를 딱 싣고 오는데, 에리베타에 올라오니까 신체가 좋은 사람이 고마 구루마를 뺏아가 뿌데. 겁나데. 거걸 가지고 가서 팔아묵얼라고. 구루마꺼정 밖으로 가져가 벼려. 그때 크다란 나이롱 보자기라는 것이 있었다. 거기에 부어가 싸가 가 뿌데. 그래가 저거(연초를) 잃어버리면 어냐노 걱정하니까 옆에 있는 사람이 "밑에 가서 싣고 오너라, 싣고 오면 아무 관계없다" 카데. 그래서 싣고 올라오고 그랬어. 그 사람들은 거것을 가지고 가서 팔아묵는 택이지. 저거끼리 짜고 그래 팔아먹는 택이지. [내가 입사하고는 이념적 갈등을] 몬 느꼈지. 그 뒤에 보니까 노조 위원장도 없고 부위원장도 없어졌다. [그 사람들은] 말하자면 '좌익계에 노다가 뿃들리 갓 뿃다' 카데. 그 사람들은 나중에 죽은지 어떻게 되었는지 모르지. 노조 간부들이나 쫌 그랬고 우리는 그런데 관계없이 일이

나 하고 그랬지.

신천 집에서 전매청까지 어떻게 다녔습니까?

첫머이는 걸어다녔고, 한 사십 분 걸렸다. 내중(나중에) 통근 뻐스가 나왔고 그래 다녔지. 통근 뻐스는 아침만 통근시키고, 지역에는 없고 그랬어. 자전거로 출퇴근하는 사람도 많이 있고. 아홉시부터 일을 시작하마(하기 때문에) 여덟시 쪼금 전에 나오지. 걸어가는데 한 사십 분 걸리거든. 점심은 회사 식당에서 밥은 주자나. 우리 들어가고부터는 밥을 거기서 먹었어. 밥은 잘 조여. 점심 시간은 열둘시부터 한시까지거든. 열두시부터 배식해 가지고 밥을 주는 거라. 퇴근은 다섯시[에 하지]. 시간은 언제라도 다섯시 되면 나오고, 아침 아홉시까지 몬 드가만, 지참(지각)이라카고 돈이 쫌 까지고(줄어들고) 그런 거지. [출·퇴근은] 정문에서 체크해 가지고 [위에 있는 부서로] 올리 뿌잖아. 수위들이 있잖아. 정문에 드가 때 시간이 되어가 드가 뿌면 괜찮은데, 오 분이나 늦으며는 "오 분 지참" 카고 올리 뿟지.

입사했을 때 전매청 주위의 모습은 어떠했습니까?

처음 들어갔을 때는 억시기 추접고 형편없었지. 역전 부근에 그랬지. 그런데 우리가 정년 되가 나올 때는 마이 개조되었는 택이지. [입사할 당시 주변에 논, 밭도 없었고, 왜놈 때 짓은 적산 건물들이 전매청 뒤에 그대로 마이 있었지. 사창가는 왜놈 때도 거기에 있었다. 미군부대는 앞쪽, 북쪽에 있었고. 거기가 보급창고거든. 차량들이 마이 들랑날랑했지. 달성공원 앞으로 집이 다 들어섰어요. [전매청 앞쪽 도로는] 그때도 지금과 같이 넓었고, 확장된 거는 없었어. 도로에 차는 마이 안 댕기고, 자전거는 마이 댕기고. 당시 전매청에 다니는 사람들도 자전거로 출퇴근 마이 했어. 전매청이 건물이 부근에서 제일 높았지. 처음에는 쪼맨 했는데, 우리 들어가고 자꾸자꾸 증축해 가지고 커졌지. 삼층 건물은 새로 지어 놓은 때문에 깨끗했어요. 옛날 건물은 쫌 추접지. 담배를 찌고 해서 냄새도 마이 나고 그랬지. 이층에는 먼지가 쫌 났지. 담배 빻아 댕기고 하면 먼지가 나거든. 삼층에는 깨끗하고 조용했지. 처음 들어가니까 에어콘은 없었고, 선풍기만 있었다. 그 뒤에 에어콘이 설치되었다. 선풍기도 너무 돌리면, 담배를 마르게 하거든. 덥어도 몬 돌리게 했다. 삼층 여자들 있는 데는 시원하지만, 일층 이층에는 선풍기도 많이 몬 돌린다.

입사 후 초기의 하루 일괴는 이띠하였습니까?

우리는 처음에 드가니까 구루마에 각초를 싣는 일을 했다. 하루 여덟 시간 일을 하거든. 몇 구루마 끌고가면 되노 카면, 여덟 구루마 끌면 되는 기라. 그러면 하루 일이 끝나지. 한 구루마의 각초 양은 백 키로라. 백 키로를 구루마에 싣는다. 밑에 가서 구루마 대놓으면(세워 두면) 각초를 실어 조여(줘여). 전매청에 가보면 일층에서 엽초를 막 써러요(썰어요). 썰어 가지고 건조기에 올려 놓으면 각초가 건조되가 나온다. 거기에 구루마를 갖다 놓으면[자동적으로 엽초를] 실이 조여. 내가 백양 바는 새료를 실어러 가 가지고 고거이 나오며는 싣고 오는데, 딴기 나오만 내가 백양 담배 재료를 실어야 되는데, 말하자면 파랑새 원료와 같은 나쁜(질이 낮은) 재료가 나올 때는 몬 싱거든. 그때는 창고에 가면 쌓아 놓은 거 마이 있었요. 거기 가서 내 손으로 싣고 와요. 싣고 나오 며는 저울에 달아가지고 와요. 한 명이 한 대[구루마를 끌어요]. 구루마가 발동이 여 하나 저 하나 니(네) 군데 달려거든. 잘 구부러 가요. 우리가 네 사람이 있었어. 갑

을반 있었거든. 갑반 너이, 을반 너이. 그래 인자 갑반인 우리는 낮에 다섯 시되어 퇴근하만, 또 지녁에 을반이 들어와 일하고 그래. 좋은 담배 만드는 사람들은 밤에도 하고 낮에도 하고. 여덟 구루마만 실어 줏 뿌만 우리는 하루 일이 끝났 뿌는 거라. 그리고 어디 가서 놀아도 아무 관계 없었어.

시간적으로 여유가 있었네요?

시간 마이 있지. 시간 있어 머 하노 카면 딴 거 할꺼 없거든. 고 보면 담배 막~악 말아서 나오거든. 거기서 일하는 채인공하고 통하는 사람이 있어. 우리가 들어갈 때 경비가 둘이가 있었는데, 그 사람들과 통했거든. "너거 임마야 담배 쪼끔 가지고 나가가 팔아먹어라" 이카거든. [그래서] 걸리면(발각되어) "니 와 이랬노" 카면 "우리(경비원) 여 안 있나" 이라거든. 그래서 채인공한테 가면 담배 쯤 주거든. 한 서너 갑 주만 여(넣어) 가지고 나오만 경비는 아는 놈이 돼 가지고 "나가라" 카거든. 나가면 그 밑에 가면 담배 푸는(파는) 장소 있어요. 거기에 가 보면 운

개비 담배를 담은 상자를 구루마(수레)를 이용하여 나르는 모습이다. 상자 뒷편에 보이는 작업장에서는 여성들이 개비 담배를 20개씩 잡아 봉지에 넣는 작업을 하고 있다. 건물 천정에는 프로펠러형 선풍기가 설치되어 있다.

수계 있는 사람은 전매청 안에 몬 들어오거든. 운수계는 머~어를 하노카면 엽연초[26]을 밖에 있는 창고에 끄다 넣는 일을 해. 그 사람들은 담배 푸는데(파는데) 거꺼정(거기까지) 오거든. 거 와서 담배를 사가 가는 거라. 그래 팔면 거 돈을 가지고 술 받아 먹어도 되고, 근무 시간 중에 담배를 가지고 나와서 팔아먹고. 또 나올(퇴근) 때에 담배를 쫌 여 가지고 나오고. 그 사람들은(경비계 사람들은) 관리과 소속이거든. 우리 종씨가 관리계장으로 있었다. 경주 김가. 촌수

사복으로 출근히여 탈의실에서 작업복으로 갈아입고 작업을 한다. 작업 도중인데 손에 모자를 들고 있는 모습이 특이하다.

치마(치면) 아재(아저씨) 뻘이라. "내가 니한테 아재라 카면 엇(어떠한) 놈도 간섭 안 한다" 했어, 그렇기 때문에 내가 사십 년 동안 전매청에 있어도 한 번 안 걸렸지. 딴 사람들 입사해 가지고 이틀 있다가 걸려 나가고, 막~악 쪼끼(쫓겨) 나가는 거라. 나는 [관리계장이] 있어 노니까 그놈들이 봐주는 거라. 저거들끼리 말을 하는 기라. "내 동상(생)이거든. 타찌(간섭)하지 마라" 캐놓아 거든. 그래도 쫌 가지고 나와서 팔아먹으면, "우리도 쫌 도~오(줘), 니 혼자만 묵지 마고" 하는 것이 있어 거든. 우리는 시간 여유가 만커든요. [근무 시간에 담배를] 쪼매 여 가지고 남문으로 나와서 판다. 전매청 밖에 나오면 전부 담배집이 있거든요. [몰래 가져온 담배를] 팔아 가지고 다방이나 그런데 쫌 놀다가 들어오지.

전매청 안에도 다방 있지만 밖에 있는 다방에서 [쪼끔 놀지] . 면해(면회) 오는 손님이 있으면 안에 있는 다방에서 만나가 차도 한 잔 받아 주고, 이 야기도 하고 이라지. [전매청 근처에 다방이] 많았지. 다방에 나와 가지 고 한참 놀다가 들어가는 때도 있지. 우리는 여덟 구루마 끄다 나왔뿌만 (끌어다 놓아 버리면) 그날 일을 다했거든. 그러니까 누가 부르지도(찾 지도) 안 하는 거라. 퇴근시간 되가 들어와 가지고, 나올 때 담배 쫌 가지 고 나오고 그랬지. 빽이 좋으면 그런 수월한데 있고 그렇지.

전매청 주변에는 다방, 담배 야매(불법) 거래소, 술집 등이 있었네요.
거기에 큰 술집도 마이 있었어요. 아가씨들 파는 데 거 밑에 있었어요. [태평로 길 건너편에] 엽초 창고가 있지요. 운수계에 있는 사람들은 [농가 에서 생산한] 엽연초를 싣고 와서 창고 안에 여어(넣어) 주거든. 그러면 거기서 엽초 써려 가지고 담배를 맹그잖아요. 지녁에 보면 밤새도록 술 을 묵는 사람도 마이 있어요. 그때는 담배가 금값보다 비쌌다. 담배를 쪼 매 가지고 나와 팔아서 돈을 받아 가지고, 오새 같으면 관(고급 음식점 혹 은 요정) 한가지다. 술상 멋지게 채려 놓고, 아가씨 넣어 놓고 밤새 먹고 도 돈이 남았다. 그만치 담배가 비싸서요.

천구백육십년대 대구에 전매청 외에는 큰 기업이 없었지요?
대구에 생산공장은 크게 없었잖아. 대한방직 있었고 제일모직 있었 지. 그래도 전매청이 제일 나은 택이지. 전체 인원이 이천오백 명 캤다. 그만치 많이 있었어요. 여자가 훨씬 많았지. 일층에는 여자가 많고, 이층 에도 많지마는 담배를 넣는 삼층에 가면 전부 여자거든요. 우리가 들어 갔을 때는 자동기계가 한 대뿌(뿐)이라. 그 외에는 전부 수작업하는 거

라. 사람 손으로 담배 다 넣거든. 손으로 개배 담배를 딱 쥐면 스무 개였어. 내 중에는 기계작업으로 되었지(바뀌었지). 점심시간에 운동하는 사람들은 운동하고, 테니스 치는 사람들은 테니스 치고, 탁구 치는 사람은 탁구 치고, 그런 운동하고 그랬어. [전매청 내에] 탁구장도 있고, 테니스장도 있고 다 있었잖아. 전매청에 테니스 팀이 있었잖아요. 우리는 운동 안하고 구경이나 하러 댕기고 했지.

퇴근하시면 집으로 옵니까?

퇴근하면 바로 집에 오고, 안 거라면 술 묵는 사람들하고 술 한 잔 하고 오고 그렇지. 지녁 열한시 되가 걸어오만, 전부 똥깔뽀(색시)집이거든, 질(길) 가서로(가장자리로) 몬 나왔다. 색시들이 뿟들려고(붙들려고) 했어. 그래서 한부로(의식적으로) 길 복판(중앙)으로 걸어댕기지. 그때는 차도 없고 그라니까 신암동까지 걸어왔지. 당시 집들은 더문더문(드문드문) 있었지. 어디로 걸어오노 카면 태평로 전매청에서 대구역 쪽으로 올라와 가지고, 칠성시장으로 들어와 가지고 집으로 오지. 안 거라면 동인 로타리로 나와 가지고 오든도 그랬어. 당시 신천 다리가 있었어. 다섯시에 퇴근하면 한 여섯시에 집에 오지. 지녁 먹고 텔레비를 보든지 누버(누워) 자고, 아침에 또 일하러 가고 그랬지. 흑백 텔레비가 다 있었어. 일요일날 놀고, 토요일은 열두시 되가 나오고 그랬잖아. 촌에 과수원하는 땜에 밥쟁이(아내)는 촌에 가 있는 거라. 일요일날은 촌에 농사일 거들어 준다. 과수원에 가서 풀을 메든도(메든기) 인 기라면 풀약도 쳐야되고, 적과 할 때는 저과도 해줘야 되고, 겨울에는 미 하노가면 노인들 방 떠시라고 나무도 쫌 해다 나아야 되거든. 그 당시 나무를 뭐 하노 카면 우리인데 가면 아카시아가 마이 있었어요. 톱하고 가지고가(서) 그 전부 비가(베어) 와가 한 거 갔다 놓으면 겨울에 이용하지. 아들은 학교를 보내는 거 뿐이지머. 학교 공부나 열심히하라 카고, 저녁에 할머니하고 살아온 이야기, 어떻게 살아갈 거. 또 돈 마이 벌어야겠다는 이야기 그런 거지요. 큰 걱정은 없었어요. 전매청 다니고, 촌에 과수원 있고 그런 땜에 큰 걱정은 없었다.

신천 주변에서 좋은 곳으로 이사할 계획은 없었습니까?

전매청에 드가지 전에 내가 건축을 한 땜에 집 보러 마이 댕기꺼든. 칠십삼년도가 그쯤 될끼라. 전매청에 당기며 말이지 돈을 쪼끔 벌이는거라. 그래 가지고 집을 어디에 샀노 카면 봉산동 사거리 고기(거기)에 한옥 사십 평짜리를 하나 샀거든요. 얼매 주고 샀노 하면 삼십만원인가 고래 주고 샀다. 그래 주고 산 뒤에 누가 있어노 카며는, 당시 칠십번 좌석 뻐스가 댕겼는데, 경리과장이 우리 집에 살았어. 와 거기에 왔노 카며는, 당시 봉산동 고기에 있는 사람들은 덕산국민학교에 드가면, 경북중학교, 경북고등학교 드가는 거라. 고때(그때) 교육 관할구역이 고래 되어 있었다. 그런 땜에 거기는 집에 빈 방이 없어. 전세 들어가도 학교는 거기로 보낼라고. 그래 가지고 고 있는 사람이 처음 일 년 있디 그 집을 "사자고(팔라고)" 카데. 그래 "얼매 줄래" 카이가, "마이 주끼요" 이캐. 그러면 '마이 주면 얼매 줄랑교" 카이가, "이백오십만원 줄라고" 하는 거라. "얼매나 뛰었는교(올라는교)" 거자. "참말 그래 줄래" 카이가, "인지(당장) 계약하자" 이거라. 그래 가지고 밥쟁이한테 "이래 줄라칸다" 말하고, 저거 팔아 가지고 "집을 한 번 더 사자" 카이가, "하이고 우리 아이들 그런데 가고 하지, 말라고 팔라고 하는교" 하면서 몬 팔라고 하는기라. 그때 나는 그것을 팔며는 터(땅) 살라고, 터가 어디에 있어노 카며는 오스카 극장 있는 쪽으로 전부 논이라. 복판(한 가운데)에 도랑만 남겨두고 그냥 줄만 쳐 가지고 차만 댕기고. 집을 팔어 가지고 터 살라고 온대로 댕겨 봤거든. 도로변에는 평당 백원, 백오십원 줄라(달라) 했다. 대구교대 쪽은 평당 삼백원, 사백원 이래갔다 카이. 이 백오십만원 주겠다고 할 때, 집 팔아 가지고 터 샀으면 갑부되지. 한 '만 평, 이만 평 사나' 그자. 그런 기회를 한 번 놓쳐 뿟다 카이. 그리고 몇 년 후에 세를 주었더니, 세 들어 있는 놈이 어했는고 카며는 자기가 아는 사람인데 세를 또 놓았는 기라. 이 사람이 도지를 팔아 먹어 뿌고(받아 가지고), 튀 뿟어(도망쳐 버렸어). 한참 있다가 '[세 놓아 둔 집에] 오라' 데. 가 보니까 지거 동생이 정보부 있다 카매, 돈 안 주면 '감옥에 처 넣을라' 카데. 큰일났다 싶은 거라. 그래서 집에 아들이 법원에 있을 때, 아한테 말했거든. "야야, 이칸다" 말하니까, "어떤 사람인데" 물어 "정보부에 있다"고 카더라 하니까, "아무 소리 마소" 카데. "와" 카이가 머 카거든 "집에 아~ 법원에 있다" 캐라고만 하고 아무 소리 말라고 하데. 또 "오라" 캐서 갔다. 집에 가니까 이 사람이 "돈을 변상해야 된다"고 이래, 그래서 "집에 아가 법원 있다" 카이가 "이름 머이고" 카데, 이름 말해 주니까. "그래요" 하고, 쫌 뒤에 [세 놓은 집에] 가 보니까 살고 있든 사람도 가 버리고 아무도 없어. 그런 일이 었었다.

박정희 대통령이 취임한 후 전매청의 분위기가 어떻게 변했습니까?
안에 분위기는 괜찮았고 군사혁명 난 뒤에 김ㅇㅇ라고 있었다. 이 사람이 ㅇㅇ고등학교 나왔는데, "축구부에 있었다" 카데. 그리고 군사혁명 난 뒤에 동생이 또 들어왔어. 얼매 안 있다가 김ㅇㅇ이 노조위원장 한다고 설치고 하더니만 행방불명되었어. 낸중에(나중에) 알아보니까,

이 사람이 말하자면 좌익계였어. 그래서 뺏들려 가서 어떻게 되었는지 모르지. 그런 소문이 나데. 낸중에 알아보니까 이 사람이 거물급이라. [군사혁명 이후는] 전매청에 큰 사건이 없고 그랬어.

새마을 교육을 받았지요?

한 번에 한 삼십 명 이상 가요. 새마을 교육은 한 번만 받으면 돼. 같다 오면 사람이 군대 갔다 오는 거나 같은 거라. 신탄진에 새마을 교육장이 있어요. 시간은 엄격하지. 몇 시 몇 분까지 정해져 모든 것이 군대식이라. 교육은 분야별로 여러가지요. [전매청 업무와 관계된] 그런 거는 아이고 일반 사회교육이지. 물자 애끼는 거(절약하는 거), 낭비 안 하는 거, 이런 것을 교육시키지. 교육 받고 난 뒤 시험치지. 일주일 교육을 받거든. 금요일날 시험쳐요. 낙제하며는 재차 교육 받아야 돼요. 나는 낙제 안 했어요. [낙제하는 사람이] 한 회에 "한두 사람 있다"고 해요. 낙제한 사람은 교육을 또 받아야 되요. 그래 가지고 두 번 이상 낙제하며는 "안 좋으니" 그런 말이 있는데, 자세히 모르겠고. 교육을 받고 오며는 사람이 달라지지. 말하자면 군대 갔다 온 사람이 변하는 것과 같이. 여자도 남자도 다 갔지. 새마을 교육을 갔다 와야 진급도 쫌 빠르고. 전원이 다 받았어. 군대 가서 교육 받으면 쫌 다른 것같이 새마을 교육도 받으면 쫌 달라지지. [담배를 밖으로 가져가는] 그것도 쫌 덜했지. 군사혁명 나고는 담배를 가져 나오는 기(것이) 마이 줄었다. 새마을 교육 받을 때 공부하느라 잠도 못 잤다. 낙제하면 어야노 싶어서. 새마을운동은 좋은 운동인데. 새마을운동 때문에 이만치 발전되어 살기 좋잖아요. 그런 기 없었더라면 [이렇게 살기 좋게 되었겠나]. 요새 사람들은 박대통령을 머~ 어 어떠타고 하지만, 장기집권했는 것이 쫌 안 좋지만.

엽초 운반하는 부서에서 어느 부서로 옮겼습니까?

거기에 있어 보니까, "아무것도 없다" 싶어서 담배 썰인데 갔는 거라. 거기가 예비 작업이거든. 와 갔노 카면, 엽초 운반 부서는 나갈 때 담배 서너 갑밖에 몬 가지고 나가는 거라. 그 있시면 밑에 있는 사람에게 담배를 쫌 갖다 줬거든. 담배를 갖다 주면 그 사람이 "이거 갖다 팔아 바야 돈 안 남는다." 그러면 "뭐 하노" 카면 자기네들이 금방 썰인 엽초 뭉치를 하나 줘요. 노란 엽초를 압축시켜 놓은 것이라 단단해요. 쇠뭉치 한 가지라. 고런 걸 [어느 정도 크기로] 하나 해주거든. "요(이)것만 들고 한 번 나가 바라" 하거든. 고래 하나 들고 나와 보니까, 담배 두 갑, 세 갑 가지고 나가는거 수십 배 더 비싼 거라. 그래 가지고 "여(운반 부서) 있시면 안되겠다" 싶었다. 그래서 우리 친척한테 "여 모이겠다" 카이. "와" 캐서 "예비부서(엽초 써는 곳)로 보내도" 우에는 공기도 좋은데, "옮길 부서는 문지(먼지)도 많이 나는 데 말라고 갈라카노" 하데. "난 거 가고 싶다" 말했어. 그래서 부서를 옮겨 가지고 있시매, 체인공 하니까 급수도 높아지고, 수당도 나오고 괜찮았어. 엽초 썰이는 데는 일층은 먼지도 마이 나서 작업 환경은 안 좋지.

엽초 썰이는 작업장에는 남자와 여사 중 누가 더 많았습니까?

거기는 비슷했어. 와 그런고 하면 여자들은 머 하노 카며 고급초 준비할 때, 담배 엽초 안에 심(줄기)이 있잖아. 여자들이 (엽초에서) 심을 빼거든. 그리고 나오는 것을 가지고, 약품(처리)을 한 뒤 썰이 기지고 고급 담배를 만들거든. 또 줄기 심 이뉴을 어했느고 카만 물에 부피(부풀러) 가지고 롤러에 넣으면 넓적하게 되뿐다. 그렇게 해 가지고 썰이만 하급초로 들어간다. 구루마에서 가져온 것을 기계에 퍼 넣어야 되거든. 그리

전매청 근무자들은 모두 1회 이상의 새마을 교육을 받아야 했다. 교육은 엄격하게 이루어졌으며, 개인에게 근검, 절약정신을 배울 수 있는 좋은 기회였다고 김기홍 어른은 회고하였다. 두번째 줄의 우측 세번째에 서 있는 사람이 김기홍 어른이다.

고 눌리만(기계를 작동하면) 자동적으로 썰려 나와요. [옮긴 부서는] 기계를 맡아서 일하니까 기술 수당이라 게 나와. 괜찮았지. 기계가 열 대쯤 되니까, 체인공인 열 명 정도되고, 또 칼 갈아 주는 사람도 있고. 엽초 마른 것을 넣어 가지고 일하는 사람이 많지. 순서대로 작업을 해 오지. 처음에 엽초가 마른 것을 찐다. 찌는 곳에 넣으면 담배 잎이 물렁해지거든. 그것을 한테 모다 놓았다가 기계에 넣고, 구리스하고 설탕하고 또 재료 마이 들어가요. 이것들을 섞어 가지고 쌓아 놓으면 구루마(에) 담아 주거든. 담아 오면 그것 가지고 썰이는 거라. 일층에는 공기가 나쁘지. 뜨신 (뜨거운) 짐도 나고, 물과 마른 것 섞어니까 공기는 우에보다 나쁘지. 썰이는데 착착 소리 나지. 소리는 크게 마이 안 났다. 냄새는 아무래도 마이 나지. 마스크 끼고 일하는 사람도 있고, 안 낀 사람도 있고.

담배 써는 부서에서 얼마 동안 일했습니까?

한 삼 년 정도 일했다. 또 어디로 갔는고 카면 삼층에 갔어. 거기서 머 했노 카면 우리는 여자들이 개비 담배를 갑에 넣는거 말고, 기계가 있어요. 고는 고급 담배만 말아서 나오는 거라. 밑에서(이층에서) 고급 초를 말아 가지고, 삼층에 갖다 넣어 주만 지대로(자동적으로) 담배 갑에 넣어져 포장해 가지고 나와요. 고거를 저 짝으로 운반해 주지. [운반하는 구루매 밑에는 하급초거든요. 하급초는 팔아 봐야 돈 얼마 안 되잖아. 고급초는 한 갑 팔먼 하급초 열 갑보다 차이가 더 나는 거라. 구루마 끌고 나오면 여자들이 무어라고 하노가 카면, "담배가 넘치도록 한 번 해뿌라" 커거든. 말하자면 세시나 네시나 되가 퇴근시에 담배가 쏟아지면 [여자들이] 한 갑씩 조아(주워) 넣어 갈려고. 한 번씩 구루마를 휘청해 뿌만 담배가 마이 줄어 뿌거든. 줄어 들면 그 안에 가 가지고, "구루마를 끌고 가다가 비틀거려 담배가 속긴다" 하고. 그러면 여자들이 좋아하거든. 그래 가지고 담배를 가져 나오고 했어. 삼층 일은 수월치. 우리는 담배를 실어 놓으면 다른 쪽까지 끌어다 주만 거서러 여러 갑을 포장해 가지고 나가는데 있거든. 그까지 끌어다줬 뿌면 되고. 뒤에는 어디로 갔는고 카면 관리과 소속인 공통이라는 곳으로 옮겼다. 공통이라는 데서 뭐 하노 카면 밥 하는데. 전매청 안의 식당, 밥민 해구는 데 갔어. 박대통령이 서거하기 전까지 거기 나외 있었다.

당시 사람들 대부분이 먹고살기가 어려웠고, 월급도 많지 않았지요?

나중에 전매청 월급이 괜찮았지. 처음에는 월급이 얼마 안 되었어요. 처머이 내가 들어가니까 네 사람왔는데 두 사람이 머~어라고 하는고 카이가 "우리 것 여덟 구루마 끌어다 죠" 이라는 기라. 그러면 "월급 니 타먹어라" 카데. 그 동안 저거는 뭐하는고 카면, 담배 오배가(훔처다) 파는 걸 머라고 하는고 카면 '밀떼기' 라 카거든. 자기들은 [전문적으로] 밀떼기를 해가 돈 버니까 말이지. 우리 일이 돈(할당제)내기니까 "일에 지장없이 우리 것쯤 해주고 월급 니 타먹어라" 고 카드라.

담배 훔치는 것을 전매청 관리자들은 알고 있었지요?

알지요. 카이까 우리가 보니간 불법으로 나가는 담배가 더 많해. 정부서도 월급을 마이 줘야 되는데, 쪼매 주니까 "그런 나쁜 짓 해 가지고 묵고 살아라" 한가지거든요. 담배를 보니까 탐나서 다들 가지고 나가니까. 다 안 봐주지. 하루에도 걸려 나가는 사람이 많아. 천머이는 여자 감시를 남자가 했는 거라. 그래서 남자 검사자가 여자의 몸을 만쳐 보고 이라는 거라. 그래야 담배를 넣은지 어떤지 알지. 여자는 [생리대를] 찰 때는 불룩하거든. 그래 인자 "뭐 안 넣었나" "빼내라" 카니까. 여자가 "이거는 안이다" 케도, "빼내라" 카이가 생리대를 빼가 피가 있는 것을 때리고 이런 소동이 나고 했어. 이래 가는 안 되겠다 싶어 가지고 나갈 때 여자가 감사를 했는 거라. 나갈 때 그저 몸을 보는 사람도 있고, 전부 다 만져 보는 사람도 있고. [담배를 훔치다가] 잡히면 한 갑, 두 갑은 봐주는데, 양이 너무 많다 싶으면 이름을 적어 올리뿌면 끝나요. 내가 나가다 걸려서 이름을 올리기 전에 아는 사람한테 부탁해서 해결하지. 그때는 전부 다 돈이지. 돈 쫌 주고 하면 [이름을] 안 올리면 괜찮고 그래.

엽초 써는 곳에서 같이 일하는 사람들의 살림살이와 학력은 어떠했습니까?

학력은 보면 대략 초등학교 나온 사람도 있고, 중학교 나온 사람 있고, 어떤 곳에는 대학교 졸업한 아~들(사람)도 마이 있었어. 우리랑 같이 일할 때도 보면, 전매청에 있다가 대학교 나온 사람들은 어 했고 카면 전매청 안에서 추천해 가지고 일반직 공무원으로 나간 사람들도 마이 있었어요. 전매청 댕기며 야간대학 댕긴 사람도 많았거든. "우리는 학교 졸업하면 딴 데 갑니다" 하는 사람도 마이 있었어요. 그리고 자유당 시절에 배경으로 들어온 사람들을 보니까, 군사혁명 나고 다 쫓겨나왔뿌어요. 그냥 친척이다 이런 배경으로 들어온 사람은 괜찮고, 국회의원 배경 등으로 들어온 사람들은 다 쫓겨났어.

입사 후 언제부터 월급이 많아지고, 대우가 좋아졌습니까?

전매공사되고부터 월급도 많아졌고, 담배도 안 가지고 왔어요. 한 달에 돈을 마이 주니까. 내가 나올 때 이백오십만원 월급 받았거든요. 그래 받았으니까, 뭐 때문에 나쁜 짓 하겠어요. 나쁜 짓 해 가지고 퇴사하면 허사 아이가(손해가 크지). 돈을 마이 주고 하니까 나쁜 짓을 안 하는 거라. 전매청에 근무하는 사람들도 대구 세조창에서 만든 담배가 아니고 서울이나 딴 곳에서 제조한 담배를 피우고 그랬어.

일하는 사람들이 담배가 몸에 해롭다는 것을 알았습니까?

다 알지. 나쁘다는 것을 안다 케도 전부 다 피우고 했지. [그러나 당시] 담배공장에서 일하는 것이 나쁘다는 것을 몰랐지. 우리는 고급 담배를 한 땜에, (퇴근 때) 차를 타면 아가씨들이 "향수 누가 뿌렸노" 했다. 전부 고급 향료를 사용하고 그걸 노다지(늘) 만지고 했기 땜에 옷에 향수 냄새가 배어 가지고, 차에 올라가면 아가씨들이 "향수 뿌린 사람이 올라왔다. 냄새 좋다" 이랬다. 그리고 옛날 어린이들 방에 가면, 오줌 싸고 해서 냄새가 마이 나잖아. 그러면 각초 카는 거 조금만 물 나오는데, 안에 보며는 담배 돌아가는데 향수를 막 뿌려가 나오거든. [각초에다 향수를] 묻혀가지고 집에 쪼끔만 갖다 놓으면 냄새가 참 좋아요. 옛날 자유당 때 외국 향수가 들어와 가지고 참 냄새가 좋데요. 요새는 그런 향수를 사용 안 할끼라. 방에 향수를 쪼매 갖다 놓으면 냄새가 참 좋았어요. [집에 오면 할머니도] 향수 냄새를 알지. 아무리 씻어도 배어 가지고 냄새 나오지. 전매청 주위 사람들도 담배가 독하니까 냄새 난다고 마이 했지.

공통 관리과에 근무하시다가 퇴직했습니까?

고 있다가 퇴직했지. 식당에 밥만 해주고 있다고 퇴직했지. [전매청에 들어간 뒤] 일층, 이층, 삼층에서 일해 봤어. 좋았기는 아무래도 삼층에 아가씨들 마이 있는데. 그때는 뭐 했노고 카만, 이층 창고에 가면 담배 있거든. 고급초도 있고, 하급초도 있는데, 이것을 삼층으로 싣고 올라오는 거라. 싣고 와 가지고 갖다 놓고는 시간이 있거든. 시간이 있으면 아가씨 옆에 탁 앉아 가지고, [낱개] 담배 집어 주거든. 이 사람들도 돈내기로 일했어요. 하루 얼매 한다는 목표량 있거든. 그것을 일찍 해야, 목욕도 하고 집에 가는 거라. 이걸 늦게 하면 목욕도 몬하고, 하루 종일 일하기가 바쁜 거라. 그래서 맘에 드는 아가씨한테 만날(매일) 옆에 가거든. 담배를 잡아 주고 하면, 퍼뜩(빨리) 끝내고 가고 그라지. 총각들은 전매청에 와서 아가씨들과 결혼한 사람이 많아요. 자꾸 옆에 가가 있고 해서 결혼하지. [좋은 아가씨들이] 많이 있었지. 고등학교도 졸업하고 학벌도 괜찮은 아가씨들도 있고, 없는 아들도 있고 그랬어.

전매청에서 일하실 때의 어려움 혹은 동료들과의 관계에 대해서 말씀해 주십시오.

종일 일해도 어려운 것은 없어요. 사회 일과 비교하마는 아주 [허~허~] 수월치 머~어. 하루에 해야 할 양이 있거든요. 그때는 우리가 준비해 준 물건이 나쁘기나 좋기나 올리 놓았 뿌면, 자기들이 나 뿌며는, 담배 마는 데 보며는 각초카거든요. 거기 수분이 맞아야 되거든. 쪼끔 부족하든지 또 너무 젖어도 안 되거든. 그러면 체인공이 알아서 섞어 가지고 일하지. 체인공은 기계를 담당하고, 보조원들이 두 사람 있거든요. 고 사람들이 각초를 만져 보고, 이기는 쪼끔 말랐다 싶으면 젖은 거하고 한테 섞어 가지고 작업하지. [어떤 사람은 열심히 일하고, 어떤 사람은 놀기도 하는데] 그런 거는 없심더. 노는 거 없지. 자기에게 할당된 일을 하만 되니까. 자기 부서에 자기 맡은 일만 하면 되니까. 맡은 일 해놓고 자기 볼일 봐도 되고 하니까 그런 거 관계없어. [열심히 일하면] 혹 연말 돼 가지고, 공장 장 같은 사람이 "저 사람 일을 열심히 했다" 이라면, 추천해 가지고 상이 쫌 있지. 또 사람들이 결근 안 하고, 계속해서 출근만 하며는 개근상 같은 거도 있고. 말하자면 한 달에 안 놀고 출근만 잘하면 개근하고 월급을 쪼끔 더 주는 기 있어요. [일하는 과정을 감시하는 것은 없었어요. 혹 감시과에서 담배를 가지고 가나 이런 거 감시했지, 주임이 있었는데 일 반직이라. 요런 사람들이 총각들 일해 놓고, 심심하니까 여자들 옆에 가가 농담 하면, 쪼끔 싫어하는 그런 거는 있었지. 그렇지마는 그 사람들이 머라카고(나무라고) 하면 우리가 피해 뿌지. 작업중 사고가 혹 있지요. 사고는 기계에 손이 찡기가 끈키(짤리)든도 하는 수가 있지요. [사고는]

마이는 없지마는 잘못하다가 손가락 날린 사람들이 더러 있었어. 안에 병원이 있었어요. 병원도 있고 치과도 있었고, 거서러(거기서) 치료하고, 안 될 때는 밖에 후송도 해주고. 아픈 거는 관계없어요. 말하자면 세 사람이 일하는데 한 사람이 아프든도 이라며는 딴 사람이 일하니까 쪼끔은 애로가 있지요. 세 사람 일을 두 사람 하니까.

출·퇴근 도장은 찍습니까?

출근부에 도장을 찍어야 되지. 늦게 들어가면 지참(지각)하고 도장을 찍지. 그러면 월급을 깎거나 머~어 그랬어. 삼 일 지참하면 하루를 빼거나 하는 고런 제도가 있었어요. 퇴근 시간은 도장 없십니다. 시간 돼서 기계 전부 다 서면, 청소해 나놓고 퇴근하면 돼요. 잡무하는 사람들은 자기 일해 놓고는 시간되어 나와 뿌면 돼요. 그 사람들은 기계에 배당 업시니까. 말하자면 그 사람들은 기계에 딸린 식구거든. 부서에 재료를 운반해 주는 사람이거든. 이 사람들은 일찍이 나와도 아무 관계없어.

입사 당시에 노조가 있었습니까?

있었지. 전매청에 들어가면 노조에 다 가입돼요. 누구나 노조 회원이 다 되는데, 그 사람들은 우리 종업원한테 이익되도록 뭘 하지 나쁜 것은 안 하거든요. 우리가 혹 애로사항, 일을 너무 심하게 시키든지 나쁜 것을 카거든 하면, 그에 대해서 그 사람들이 쪼끔 걱정해 주고 그랬지. 회비는 조끔 나갔는데 확실히 모르겠어. 노조가 어떤 거에 도움을 주었는고 하며는, 하루 일하고 나올 때 노조위원장이 정문에 있으면, 검신(檢身, 신체검사) 같은 거도 심하게 안 하고 내보내고 하는 일이 마이 있었어요. 노조에서 위원장이다 혹 간부들이 "일도 심하게 했는데 그냥 보내라"

카며는 쪼끔 수월케 보내 주고 할 때, 종업원들은 그 사람의 덕택에 빨리 나온 택이지. 노조도 보면, 위원장이 임기가 있거든요. 그때 보면, 서로 위원장할라고 했지. 구파와 신파가 서로 싸우고 그랬는기라. 신파가 위원장 하며는 구파들은 안에 일절 담배를 [가져 나오는 것을] 조심해야 돼. 파벌은 자기가 세력을 잡을려고 그랬지. 신파가 노조를 장악하면 구파들은 애로가 많지. 월급만 타먹지 담배 카는 거는 몬 갔다 묵지. 나쁜 거는 없었어. 그 사람들이 있음으로써 우리에게 덕이 되니까. 관(정부)에서 종업원들에게 너무 과하게 하며는 그 사람들이 쫌 막아 주거든.

입사하실 당시 하루 일과를 이야기해 주세요?

일곱시쯤에 일나시 식사하고, 걸어서 출근하시. 우리 집에서 전매청까지 천천히 가면 사십 분 정도 걸리지. 일은 여덟시 반인지 아홉시인지 고거는 확실히 모르겠어. 점심은 열두시에 먹고 난 뒤 오후 한시부터 오후 일과를 시작해서 네시 되면 일을 마치고 퇴근하지. 저녁을 먹고 텔레비를 보기도 한다. 당시에 흑백 텔레비가 하나 있어 그것을 보다가 라디오도 듣기도 했다. 안 그라면 극장 구경도 가고. [신천교 옆에 신도극장이 있었지. 놀이 같은 거 한다는 소식이 있으면 대구역 있는데 가설극장에도 가고. 기기는 돈도 힐코 해서 거기까지 가서 구경하고 그랬어. 보통 사람들은 극장비가 쫌 비싸 가지고 구경할려면 애로가 있었지. 잠자는 거. 보통 아홉시 넘고 열시 가까이 되야 자지. 고향에 과수원이 있어 가지고 토요일에는 열두시에 마치거든요. 버스 타고 바로 촌으로 가서 일 거들어 주고, 일요일날 오후 늦게 올라오는 거라. 할머니는 농사 뒷바리 시한다고 촌에 계속 있은 택이지. 일이 바쁘고 하며는 특근하고 일할 때 더러 있었지. 담배도 마이 딸리고(부족하고) 하며는 토요일, 일요일날도 일하는 택이지. 당시 자전거를 타고 회사에 다니는 사람도 있었지. 나는 탈 줄도 모르고, 생각도 안 했어. 통근 버스가 아침에만 있었고, 지녁으로 퇴근할 때는 없고. 내가 퇴직해가 나올 때까지 아침 통근 버스는 있었다. 전매청에 갑반, 을반 이부제가 있었거든. 갑반이 네시 되가 퇴근하면 또 한 팀, 을반이 들어오는 거라. 이 팀은 열한시나 돼가 퇴근하지. 그리고 각 반은 일주일마다 교대하고 그랬어. 입사할 때부터 이부제가 있었어. 휴가는 한 달에 한 번씩이거든요. 병가라고 그냥 놀아도 되는 거라. 휴가는 무단결근 아니거든요. 옛날 집은 신천이동 영신중학교 앞에 있었고, 여서 계속 살았다. 현재 집은 천구백육십구년에 샀고, 이사는 천구백칠십사년에 했어. 현재 주소는 신천삼동 이류사의 사십 번지이다. 이 집으로 이사한 뒤에는 밥재이와 같이 살았다. [아이들은] 모두 대구에서 학교를 다녔지. 엄마가 촌에 왔다갔다 했으니까 지거가 밥해 먹고 학교 다녔지. 우리 집 아들은 전부 밥 잘하는 데는 식모 한 가지다. 지거 손으로 해 먹고 댕기고 전부 다하고 그랬어요. 아들하고 신천이동에서 살았지. 밥하고 이런 거는 잘하지. [허~허~] [아들과의 관계는] 괜찮았어. 아들하고 아무 문제가 없었어.

　　입사 때 월급은 어느 정도 되었습니까?

　　자세히 모르겠다. 그때는 월급이 민나(얼마) 안 되었지 싶어. 몇 백원 되었을 끼라. 월급 언제부터 괜찮아졌는고 카머는 전매공사 되고 많이 타(받)는 사람은 한 달에 삼백만원 가까이 타고, 이백만원, 백오십만원 이래 탔어요. 그 전에는 월급 민나(얼마) 안 주고, "너거는 담배 쪼매끔 가져가가 거까(그것으로) 먹고살아라" 이런 거지 머~어. 그래서 수위 실에도 그것을 알고 [담배 가지고 나가는 것을] 쪼끔 묵인하고 그랬지 머

~어. 역시 공사 되고 월급 많이 줄 때 기분이 좋았지. 그 안에서 나쁜 짓을 안 하지. 담배 피우는 사람들을 보며는 대구창에서 생산하는 담배 외에 것을 사 가지고 와서 피우고 그랬지요. 우리가 대구 제조창에 들어가니까 여기 담배인지 아닌지를 봐요. 여기서 만든 담배를 피우면 모간지라(퇴사시키는 거라). 하도 심하니까 질이 나쁜 담배, 전우 같은 거를 말아서 피우라고 줬어.

전매청 내에 어떤 모임들이 있었습니까?

부서마다 친목계라든지 여러가지가 있지요.[27] 한 달에 돈을 얼매씩 거출(각출)해 가지고 가을, 봄으로 놀러가는 계도 있고, 또 여러 종류의 계가 있었지. 우리도 남녀한테 합해 가지고 가을, 봄으로 공휴일이 겹칠 때, 노조 협력으로 하루 더 해서 삼 일 휴일을 해서 놀러 마이 댕겼지. 차를 한두 대씩 대절해서 이박삼일 해 가지고 온 데로 놀러 다 댕겼다. 일 년에 한두 번 놀러 다니기 땜에 남한 일대는 안 댕기 본 데는 없다. 우리는 돈을 모으는 그런 거는 안 했어. 안에 돈놀이 하는 사람도 마이 있었지. 돈을 빌려 주고 이자를 받는 사람도 있고, 돈 많은 그런 사람들도 마이 있지. 우리는 놀러 가는 모임이나 했지. 우리도 계를 모아 가지고 이박삼일 제주도에 갔다 왔거든. 비가 마이 와 가지고 일주일 있다가 왔다 카이. 전매청에서는 안 온다고 무단결근시킨다고 했어. 그 당시 노조위원장, 부위원장 이런 사람들이 다 갔거든. 그래 가지고 "어야고" 하니까, "나도리(그냥 두어비)" 인데 기고 싶어도 비가 와서 비행기가 끝 띠는데 "어해 가노" 카고 하면서 그래 한 번 놀다 온 일이 있어요.

불국사에 놀러 가신 적이 있지요?

큰아들은 우보면 나호이동의
고향집에 살고 있는데, 사과 과수원을
배경으로 찍은 사진이다. 과거에는
사과농사를 하는 집은 부자였지만
현재는 여러가지 대체 과일이 있고
또한 외국에서 수입이 늘어남에 따라
농가가 부를 축적시키는 데 큰
역할을 하지 못하고 있다.

1973년 둘째 아들이 낙산사 내에
있는 의상대를 배경으로
기념사진을 찍었다.

1973년 둘째 아들이 여행 가서 친구들과 함께 찍은 사진이다. 왼쪽에서 두번째가
둘째 아들이다. 당시 고등학교 학생들의 모습을 볼 수 있다.

양절 예비부서 일동인 체인공과 간부들하고 불국사에 놀러 간 적이 있
어. 거기서 찍은 사진일 꺼라. [사진의] 어린애들은 급사들 아닌교. 급사
들은 중학생이나 요런 아이들이 심부름하고, 과에 한 명씩 있어. 이런 아
들도 나중에 커서 전매청에 입사하는 기라. 나이 차이가 있지요. 나이 많
은 사람도 있고 젊은 사람도 있고. 나이 차가 많십더. 요거는 한 부서 일
동입니다. '양절 예비' 카는 부서로 엽초를 썰어 가지고 이층에서 말도
록 준비해 주는 곳이라. [단체로 갈 때 전매청에서 음식, 교통 등 지원을]
해 주는 거는 없고 우리가 전부 다 [준비] 하지. 우리가 회비 모았든 돈 가
지고 차도 대절하고 음식도 준비하고 그라는 거지. [놀이는] 노래자랑도
하고, 그 안에 들어가면 온갖 거 다 하며 재미있게 놀지. 하루 만에 갔다

오지. 남자들은 넥타이 메고 정장을 하고 가지. 그래야 쫌 잘 나가 보이고, 아가씨들이 따르기도 하지. 그 당시 여자들이 놀러 간다 카며는 한복을 마이 입고 다녔지. 거 가면 온갖 놀이도 하고, 술집에 들어가서 한 잔도 묵고 그렇지요. 한 번씩 놀러 갔다 오면 피로도 없고, 괜찮아요. [놀러 갔다 오면] 또 가자고 계해서 돈을 모우고 그라지.

제조창 내에 있었던 친목회에 대해서 이야기 해주십시오.

우리가 제조창에 들어간 뒤 만든 친목회라. 이 모임은 애들(자식들) 커서 결혼할 때에 쌀로 몇 가마니씩 주도록 한 모임이지. 쌀로 몇 가마니로 정해야 되지. 안 거라면 물가가 차가 나면 안 되거든요. 쌀로 세 가마니, 네 가마니 정해 가지고 자녀들 결혼할 때 주도록 했어. 우리 한 달에 계추를 하거든요. 고때 이삼만원씩 거출합니다. 자금이 있어야 쌀을 받을 수 있거든요. [이 모임은] 결혼 때 도움도 주고, 내외가 모여서 한 번씩 놀도 가고 했다. 퇴직 후에도 계속 유지되다가 지금은 없어졌지. 계원 모두 나도(나이도) 많고 또 작고한 사람도 있고 해서 [없었졌다] 회원이 구 명이지. 지금 대어(네 명) 사람 돌아갔어요. 전부 다 나이가 비슷하지. 팔십 가까이 돼.

모친 회갑 때 동료들이 어떻게 해줍니까?

쌀 몇 가마씩 주지. 동신 친목회에서 쌀을 흥사는 얼매, 길사는 얼매 쌀을 주기로 정해져 있어. 다른 모임은 군위 친목회 한 팀이 있고, 또 우리 종친회도 있고 그렇지. 세 군데서러 어머니 회갑을 축하하러 오지. 회원들 다는 올 수 없고, 몇 사람이 대표로 와 가지고 참석한 뒤 가고 이라지. 부조로 당시 쌀 대여섯 가마를 타면 마이 도움이 되는 거라. 요새도 쌀 대

전매청에서 같이 일하던 사람들이 제주도로 놀러 가서 천지연폭포 앞에서
기념촬영을 하였다. 제일 뒷줄 오른쪽(보는 사람의 관점) 두번째가 김기홍 어른이다.
여성들은 대부분 한복을 입었고 손에 가방을 들고 있으며, 나이가 들어 보인다.
남자들은 복장이 다양하며 뒤에 서 있다. 1958년 석굴암에 놀러 갔을 때 찍은
사진과 비교하면 복장과 머리 모습에 많은 차이가 있다.

여섯 가마는 도움 되지. 촌에 오면, 돼지 잡고 여러가지 음식을 장만해 가
지고 술하고 온갖 거 대접하지. 손님들이 갈 때는 여비도 주고 그러잖아.

  다른 모임이 있었습니까?

  고향 모임이 있고, 종친회도 모임도 있고 그러심더. 고향은 군위군 모
임이 있거든요. 그 당시에는 몇 사람이 된노 카면 한 삼십 명 가까이 되었
어요. 그(전매청) 안에서 애로상항이 있을 때 도움도 주고, 군위 출신의
높은 사람 있시면 진급, 부서 이동 등을 더러 봐줄 수도 있고 그렇지. 아

전매청에서 같이 일하던 사람들이 제주도로 놀러 가서 용두암을 배경으로
기념촬영을 하였다. 서 있는 남자의 앞쪽에 앉아 있는 사람이 김기홍 어른이다.
용두암은 용과 관련된 전설이 전해져 오는 제주도 관광객들이 찾는 명소이다.

단기 4291년(1958년) 5월 3일에 전매청의 작업반원들과 석굴암 앞에서 포즈를 취했다. 당시 남자들은 양복을 입고 머리에 기름을 바르고 가르마를 타서 뒤로 넘겼다. 남자 반원들의 나이도 다양하다. 여성들은 양장을 하고 파마를 한 사람도 있다. 특히 여자들 가운데 나이 어린 사람도 보이는데, 이들은 회사의 사환으로 일하다가 정식 직원으로 채용되기도 하였다.

름(친분 혹은 면식)으로 하는 땜에 갈등은 없어요. 나는 종친회 모임이 있어 가지고 마이 덕 본 택이지. 종친회 모임에 관리 계장 한 분이 있었어. 이 사람 덕택에 나는 편안하게 지내다가 나왔어. [관리계장이] '내 조카다' 카기 때문에, 외출 나올 때 원칙으로 외출증 끊어가(받아서) 나와야 되거든. 그런 사람이 있으면, 전화해 가지고 안에서 일하는데 지장 없시만, "볼일 쪼끔 봐야 되는데" 카면 "마~아 나가라, 니는 삼촌이 계장인데 니 마음대로 안 하나" 하면서 [쉽게 나올 수 있지]. 그런 편리를 마이 봤는 택이지. 우리 종친회는 이십 명 넘게 있었어요. 각 부서에 계장급도 몇 사람 있었어. [전매청 내에] 다른 성씨들도 모임이 다 있었다. 혹 없는 데도 있고. [종친회 회원은] "자기들끼리 그래서 그렇게 되었는 것 같다" 하고 생각하지. 나쁘게 생각은 안 하거든. 퇴직 전에 우리가 삼팔선(휴전선) 부근에 갔거든요. 개성 가까운 곳인데, "경순왕릉에 한 번 참배를 가자" 이래 말이 나와 가지고, [갈 수 있는지 없는지] 연락을 한 번 해도 카니까, 어떤 한 사람의 친척이 정보부에 있어 가지고 덕택으로 한 번 가서요(갔어요). 대구에서 차 한 대 대절하고, 돼지 한 마리 잡고 떡하고 이래 가지고 저~어 삼팔선, 이게 어디에 있는고 카면 개성 부근이거든. 거기에 한 번 가서. [휴전선] 철조망 가까운 데라. 비석은 경순왕릉의 비석이라. 비석에 남아 있는 흔적은 육이오 당시 서로 교전할 때 총탄 흔적이라. 발견은 그때 말로는 종군기자가 했다는 소문이 있었어. 안내자에게 "어해 가지고 이거 발견했노" 카니까 "경순왕릉인줄 알고 발견했다" 그랬어. [왕릉의] 위치는 한강이 굽이치는 위치로 참 좋아 보였어요.

  전매청 사람들과 어떤 곳으로 놀이를 갔습니까?

단기 4292년(서기 1959년) 10월 전매청에 근무하던 동료들과 통도사로 놀러 가서 석등과 돌탑을 배경으로 찍은 사진이다. 뒷쪽의 오른편(보는 사람의 관점)에 서 있는 사람이 김기홍 어른이다.

해군사관학교와 벚꽃으로 유명한 진해를 동료들과 관광을 하면서 찍은 사진이다. 남자들은 양복을 입고 여자들은 양장을 하고 있다. 사람들 뒤편에 현재는 볼 수 없는 마이크로(소형) 버스가 서 있다.

전매청 동료들과 남원 오작교 위에서 기념촬영한 것이다. 오른쪽 첫번째 사람이 김기홍 어른이다. 1950년대 후반 혹은 초반 오작교 모습, 그 주변의 건물과 풍경 그리고 놀이 온 사람들이 복장에 대한 자료를 제공하고 있다.

우리가 설악산에 이박삼일 해 가지고 마이 갔어요. 설악산 처음 갔을 때 무신 도로고, 지금은 개발해 가지고 도로를 잘 딱아 놓았지만 그 당시는 미시령 계곡에 옛날에는 군인들이 주둔해 가지고 민간인은 몬 올라갔어요. 그래 가지고 우리가 올라갈 때, [놀이 간 사람들 가운데 한 사람의] 아들이 [군인으로] 거기에 있었는 기라. 계급이 쫌 높았어요. 그래서 그 사람의 소개로, "우리 여기에 놀러 갈 수 있나" 카니까 "예, 내가 한 번 해주겠심더" 이래 가지고 거기에 올라갔거던요. 당시는 보통사람은 몬 올라갔어요. 그때는 관광버스 카는 거 없었고, 시내에서 영업하는 좌석 뻐스를 대절해서 올라갔어요. 당시 차가 서너 대 갔심더. [대구에서] 저 위로(북쪽으로) 올라가는 데는 전부 포장되지 않았다. 털털거리고 가기 땜에 아파 가지고 궁둥이를 뻐쩍 들고 차를 타고 갔다. 어디 가서 하룻밤 자노 카면, 강원도 무신 절이고 하이고 거기서 하룻밤 자는 거라. 이튿날 출발하여 설악산에서 하룻밤 자고, 다음에는 어디서 자노 카면 부여 낙화암에 가가 하룻밤 자고 오는 코스라. 여름에는 너무 정장 입으면 더

어머니의 회갑을 축하하기 위해 온 직장 동료들과 술잔을 주고받고 있다.

단기 4292년(서기 1959년) 10월 전매청에 근무하던 동료들과 통도사로 놀러 가서 관광 버스 앞에서 기념사진을 찍었다. 오른쪽(보는 사람의 관점)에서 세번째 사람이 김기홍 어른이며, 양복, 넥타이, 머리 모양, 포즈 등 다양한 모습을 보여주고 있다. 특히 뒤에 있는 전세 버스의 앞 부분이 특이하다. 당시는 버스 운전석에서 앞으로 열 수 있는 창문이 있었다. 사진 뒷면에 "다시 못 올 그 시절 통도사에서, 4292. 10." 이라고 적혀 있다.

워서 안 되고, 밑에는 쓰봉 하나 입고 우에는 쪼끔 서원(시원)하게 입고 가지. 갈 때는 아무 준비 없심더. 술은 쪼매 차에 얻어 가 먹지. 점심은 어대 가면 하매(미리) 약속해 났거든. [차타고 가면서] 노래도 마이 하지. 노래한 뒤에 돈도 거두고 하지. 자는데 가면 삥삥이 돌리는데 안 있나. 그런데 가서 쪼매 노다 오고 그랬어. 노래도 하고 춤도 추고 한 잔 하고 재미있게 놀고 그러지. 참 우리만치 구경 다닌 사람도 없다. 마이 댕겼다. 중국 두 번 가고, 일본 한 번 갔다. 구라파 보름 가자는 거 그때는 안 갔다.

휴전선 부근에 위치한 경순왕릉은 6·25때 종군기자가 발견했으며, 왕릉은 한강이
내려다보이는 좋은 곳에 위치하고 있다. 경주 김씨 종친회 사람들과 경순왕릉을
방문하여 찍은 사진이다.

왕릉 비석에는 여러 개의 구멍이 있는데, 이것은 6.25때
총탄의 흔적이다. 봉분은 왕릉답지 않게 초라한 모습이다.

"너거 끼리 가라" "내가 너거한테 따라 안 간다" 캤다. 모범공무원 구라파 구경시켜 주는갑데.

놀러 가기 위해 개인이 돈을 냅니까?

전부 개인이 돈을 내지요. 회사에서 돈 나오는 거는 없고, 우리가 한 달에 돈을 얼마씩 모으거든요. 만원, 이만원을 한 육 개월간 모으면 돈 액수가 얼매 되거든. 돈을 모으는 오야(책임자)가 있거든. 이 사람들이 모은 돈으로 돈놀이 해가지고, 이자 나오도록 해서 돈을 모으지. 이 돈으로 놀러 가지. 경주 불국사 갈 때도 있고, 해인사도 가고, 어디 좋은 곳에는 다 갔지. [경치는] 설악산이 제일 낫(좋)지요. 옛날에 실악산 가보면 참 좋았어요. 요새는 안에 시설들이 쫌 낫지. 옛날에 미시령 올라가는데 경치가 참 좋았어요. [뻐스가 오르막을] 올라가는데 차가 빨리 몬 올라가고 천천히 올라가는데, 양쪽 산에 있는 돌멩이가 무신 짐승 같애. 큰 바우가 온갖 짐승이 안자 있는 것 같아서. 처음 보니까 설악산이 이렇게 좋구나 싶었는거라. 제주도도 가보고 어대 안 가 본 데 없어. 옛날에 제주도에 가서 일주일 있었고, 그 뒤는 안 가 봤어요. 요새는 "잘해났다" 카데.

대구 가까운 곳으로 어디에 놀러 갔습니까?

수성못에 마이 가지. 아니면 동촌유원지에 가지. 화원유원지도 더러 가고 그렇지요. 일요일 되며는 한 번씩 가서 노다 오고, 또 우리 계모임도 그런데 가 가지고 놀지. [천구백육십년대 초반의 수성못 주변은] 지금과는 마이 다르지요. 그때보다 요새 마이 발달되었잖아. 여기가 허허벌판이고 그랬는데 요새는 전부 집이 꽉 들어섰잖아요. 그때는 소주, 맥주는 쪼끔 있고 전부 막걸리지.

사진의 뒷면에 다음의 글이 적혀 있다. "잊지 못할 그 벗들, 수성못에서 4291년 어느 봄날에" 대부분의 사람들은 양복을 입고 모자를 쓰고 있고, 뒤 부분에 흰 한복을 입은 할아버지 모습도 보인다. 사진을 찍기 위해 즐거운 표정이며, 사발로 막걸리를 마시고 사람과 병째로 술을 마시는 사람이 있다. 당시 수성못 주변은 농토였다. 그러나 2006년 7월 현재 농토라는 옛 모습은 찾아볼 수 없고 도시적 경관으로 완전히 바뀌었다.

외국에 놀러 간 적도 있습니까?

중국에는 대구에 있는 고향 친구들과 갔다. 고때 칠 명이 같이 갔다. [여행 간 지는] 한 칠 년 넘게 되었을 거라. [만리장성에] 우리가 중국에 들어 갈 때는 엘리베이트가 안 되가 있었어요. 지금은 다 되가 있다 카데. 다른 곳도 같을 것 같아서 한 군데만 보고 내려 왔어. 가이드 도움으로 자금성이다 머~어 중국에 좋은 곳은 다 가 봤지. 우리나라에는 가이드가 한 사람 따라 댕기잖아. [그렇지만] 중국에는 명승지마다 가이드가 따로 있고 돈도 별도로 받았어. 비용은 사박오일에 팔십만원쯤 들었을 끼라. 계림에도 가 봤다. 처음에는 배 타고 굴속으로 들어가고, 한참 들어가니까 기차로 갈아 탔어. 기차 타고 가니까 폭포에서 물이 떨어져 참 좋았어. 공중에서 물이 막~악 떨어져요. [마지막에는] 엘리베이트 타고 한참 있다가 밖으로 나오데. 우리나라 굴 속에는 올라가고 내려가는 거 있지요. 계림의 굴속은 평평하여 울퉁불퉁한 것이 없어. "이것을 어디서 개발했노?" 라고 물으니까, "전부다 대만 돈이 들어와가 개발했다" 고 카데. 관광객은 서양 사람, 일본 사람, 한국 사람 등 여러 인종을 봤지. 계림에 들어가 보면 산이 묘하게 생겼어. 우리나라 산은 평평하게 생겼는데 고는 [계림의 산은] 뾰쪽하여 [경사가 급하여] 못 올라 가. 나무는 없고 전부 바위로 된 산이야. 당시 만리장성에도 나무가 없어. 적은 나무를 심어 키우고 있었어. 가이드에게 "중국 사람들 저래 일해 가지고 머~어 묵고 사노" 하고 물어 보니까, "저 사람들은 하루 마~이 해도 만원, 쪼매 해도 만원 받기 때문에 일을 마~이 할 필요가 없다" 이거라. 그리고 "중국에 농시는 어떤 사람들이 짓노?" 하고 물어보니까, 중국 사람들은 둘 이상을 낳으면 벌금을 내기 때문에 호적에 올라 있지 않은 사람이 엄청

1973년 가을 전매청 동료들과 화원유원지(대구광역시 서쪽에
위치하며 낙동강에 접한 유원지)에 놀러 가서 낙동강을
배경으로 찍은 사진이다. 가을걷이를 한 논과 자연 상태의
낙동강 모습을 볼 수 있다. 여자들은 한복을 입고 있지만
남자들 복장은 다양하다. 특히 1950년대 남자들의 머리
모습과 사진 찍는 자세를 비교했을 때 상당한 차이가 있다.

1973년 가을 전매청 동료들과 화원유원지에 놀러 가서 찍은
사진이다. 사람들이 원을 만들어 노래하고 춤을 추는 당시의
놀이 모습을 보여주고 있다. 가운데 큰 고무통, 술병,
술사발이 있고 사람들 뒤편에는 둥근 술통과 양푼이가
놓여 있다.

나게 많아. 이 사람들이 농사를 짓는다고 했어.

도로는 어떠했습니까?

도로는 차가 마이 안 댕기니까 고속도로에서도 유턴 했어. 우리나라
에서는 할 수 없지. [하~하~] "고속도로에서 와 유턴 하노" 카니까,
"여기는 차가 마이 안 댕기는 땜에 그렇게 한다" 카데. 땅이 넓기는 넓
어. 하루 종일 가도 산이라고는 안 보여. 아침에 중국에는 밖으로 다니는
사람이 있어. 그래서 "저 사람들은 머~어 하는 사람이고" 물어 보니
까, "저 사람들 머~어 하는지 알아 맞추어 보소. 맞추면 돈 줍니다" 그
래. "머~어 하는지 모르겠다" 카니까. 중국에는 가정집도 삼층으로 되
어 있어요. 세일 밑에는 농기구를 넣어 두고, 일층에는 노인들이 살고 이
층에는 아들네들이 살고 있데. '밖에 돌아댕기는 저 사람들 머~어 하
노" 카니까, "머~어 받아 내는 사람이다" 캐. '대변을 받아 가는 사
람이다' 고 했어. 아~이고 우습드라. [하~하~]

어디에서 주무셨습니까?

호텔에서 잤어. 이급 호텔쯤 되지. 밤에는 몬 나가게 하데. 한둘이 나
가지 말고, 나가면 여러 명이 뭉쳐서 나라가고 했어. 이북 대사관이 근처
에 있기 때문에 조심하라고 하데. 요새는 아무 관계가 없지마는 그 당시
에는 "밤에 나가지 말라" 카데. 지녁으로는 겁이 나서 밖에 못 나가 봤
어. 중국 음식은 기름기가 마이 있어 가지고 안 좋았어. 가이드한테 카거
든. "어느 지방에 가면 한국 음식집에 차를 대라. 거기서 먹자" 카고
그랬어.

일본은 언제 구경갔습니까?

일본은 이천년 삼월에 갔다 왔어. 일본도 중국에 같이 간 계원 일곱 명이 갔다 왔지. 일본 대판에 가서 성을 구경하고, 다음에는 기차 타고 나고야 가서 구경했다. 일본에는 일주일 있다가 왔거든요. 동경에서 이틀밤 잤어. 일본 천황 있는 곳을 구경했다. 거기는 참 깨끗하고 좋아요. 일본도 공원에 누워 자는 사람들(집 없는 사람)이 있데. 그리고 지녁 때 밖으로 놀러 나갔거든. 당시에는 일본 아가씨들이 굽이 낮은 신을 신고 가방을 들고 다녔는데, 우리는 아이들이 등에 가방을 메고 다녔지. [잠을 잔 호텔은 중국에 비해] 깨끗하고 훨씬 낫지. 중국에는 음식을 마이 주고 했는데 일본은 저분(젓가락)으로 한 번 집어먹고 나면 한 접시가 없어진다. 먹고 난 뒤 더 돌라고 할 수도 없고 그렇데. [음식값이] 비싸고, 또 아가씨가 식사 다 할 때까지 꿇어 앉아 있어서 예절이 만점이라. 국회의사당이가 거기서 아래로 보니까 동경 시내 다 보이데. 일본은 산이 허허벌판이 아니고 나무가 많아.

5. 전매청 퇴직

위, 전매청을 퇴직하는 날 온 가족이
함께 찍은 사진이다.

아래, 한평생 다녔던 전매청을 퇴직하는
날 자신의 뒷바라지를 하였던 부인과
함께 사진을 찍었다. 아래에 두 개의
조그마한 상자가 있는데, 하나는
회사에서 준 상장이고 다른 하나는
종친회에서 준 상장이다.

전매청에 몇 년간 일하셨습니까?

퇴직을 천구백팔십칠년에 했지. 전매청에서 한 사십 년 가까이 일했지. [퇴임 소감은] "아이고 잘나왔다" 싶지. 매이(매여) 사다가(살다가) 내 혼자 자유롭게 사니까 좋잖아요. 전매청을 나온 뒤로 돈(월급)과 관계되어서 쫌 서운했지. 월급을 마이 타다가 [돈이] 안 나와 월급 때 되면, "거 있시면 돈을 만이(많이) 타는데" 하는 쪼금 고런 기 있지. 딴 거는 없어. 시간이 마이 있으니까 자유롭고 아무래도 회사 다닐 때보다 낫지. 전매청에서는 남한테 매이 가는 아무래도 쫌 안 좋지요. [퇴직할 때] 향우회에서 패를 하나 해주고, 종친회에서 하나 받고 그랬지. [답례로] 고맙다는 인사만 하면 되지. 패는 퇴임하는 날 강단에 종업원을 모다 놓고 대표가 본인한테 주지. [왼쪽 사진은] 퇴임할 때 찍은 가족사진이다. [다른 사람들이 우리 부부개 닮았다 카니라. [하~하~] 오른 쪽이 맏이고, 가운데가 막내고, 왼쪽이 중간이다. 막내가 공부한다고 안주(아직) 결혼을 안 했어. [아들에게 잘해 주지 못한 게] 그런 거는 없어요. 내가 전매청에서 벌이 가지고 애들 전부다 교육시켰지. 전매청에 다니매 집장사해서 돈을 벌어 가지고 서른세 평의 아파트 한 채씩을 사 주었거든. 그런 땜에 나랑 사이가 다 좋은 거라. 저거 공부시키고 부모가 거만치 재산도 물려 주었기 땜에 아무 관계없지.

퇴임한 뒤에 어떻게 생활하셨습니까?

퇴임한 뒤에 갈 때도 없고 해서 복덕방에 나갔거든요. 거기에 내 아는 분이 "거기 나가지 마라" 카데. "나 따라 오라" 카데. "머하는데" 카니까 용역회사, 아파트 지어 놓고 청소하는데, "거 나가자" 카데. 첫 머이는 "안 나간다" 카이까 "자꾸 나가자" 카데. 그래서 따라 나갔어. 퇴직 후 맨날(매일) 가만 있다가 삼층에도 겨우 올라가겠데. 자꾸 댕기니까 괜찮아졌어. 그렇게 댕기기 시작한 기 안주(지금)까지 댕기요. 지금은 일을 적게 하지만 삼 년 전만 해도 내가 책임지고 매일 일했다. 반장 명칭을 받아 가지고 아줌마들 일을 시켰다. 노인회관에 들어간 지는 한 삼 년 되었다. 이때부터 일을 적게 한 편이지. 지금은 일하고 싶으면 나가고, 오라 카면 가고 그래. 노인회관에서는 총무 일을 하고 있다. 아파트 지어 놓으면, 아파트 용역회사에서 아줌마들 청소일 시키는 거 했지. 고기서 반장이란 책임져 가지고 아줌마 이삼십 명을 데리고 일을 시키고. 어떤 아줌마는 어떤 것을 하라고 지시하는 그런 일을 마이 했지. [일시키는데] 어려운 일은 없고. 내가 재료를 아줌마들에게 주고 일시키기 땜에 내가 일을 알아야 되거든. 요런 재료에는 어떤 약품을 어떻게 사용해라. 또 어떤 것은 어떤 거 하라는 교육시킨 뒤 일하게 하지. 우리 사장한테 내가 "어떤 데는 어떤 거 써야 된다. 또 어떤 거는 어떤 거 써라" 는 교육을 받았지.

어디를 다녔습니까?

대구 시내를 보면 동서남북 다 댕기는기라. 나는 어디에 마이 갔노 카면 먼저 달까지는 침산동, 옛날 명성예식장 자리에 대우에서 짓는 아파트, 또 서부에도 갔다. 황금동에 있는 황금아파트 짓는데 들어가서 한 달 가까이 일했다. 다음달에는 황금아파트 앞에 보며는 대우가 큰 아파트를 짓고 있다. 그 또 가야 되구만. 대구 시내 아파트 짓는 데 거의 다 가서 일했다. 돈은 일당으로 받았지. 서울에 갈 때는 하루 사만원 받았어. 대구에서 일할 때는 아침 일찍부터 일해. 대구는 한 삼만원 정도 받았다. 일은 돈내기 아니고 하루 여덟 시간 근무지. 지금도 여기 일하러 나가 보면, 아침 일곱시 반에 나가면 현장에 한 여덟시 넘거든. 여덟시 반 이래 되어 일을 시작한 뒤 지녁 다섯시 되면 퇴근하고. 점심 시간은 한 시간이다. 참도 주고 그라지. 전매청 일보다 더 뒤지(힘들지). 전매청 일은 노는 거나 한 가지지. 아무래도 이거는 일이 마이 뒤지. 한 달 일하면 백만원 정도 타지만 시간에 매여 있어. 출근하는 시간, 퇴근 시간, 일하는 시간에는 노지도 못하고 사뭇(계속해서) 일해야 되지. 아줌마들 하루 일은 힘들지. 유리도 딱아야 되고 온 거(모든 것) 다하는 땜에 힘들지. 또 이런 거(청소)만 하면 괜찮는데, 약품 같은 거 취급할 때는 냄새도 마이 나거든. 그런 일 할 때는 억식기 조심해야 된다. 요새는 그 사람들 하루 한 삼만오천원 받을 거라. 일하는 사람은 전부 여자들이다. 연령을 보며는 삼십대부터 칠십대까지 있지. 청소일을 할 수 있시면 와가 하면 되지. 일당은 심마이(초보자) 하고 또 하는(숙련된) 사람하고 차이가 있어. 일을 잘하는 사람들은 삼만오천원을 받고 못하는 사람은 한 삼만원 고래 받지. [생활이 어렵지는 않은데 일을 하시는 것은] 수월하니까. 또 내가 하던 일이기 때문에 [그 사람들이] 와 돌라고 하면 "안 간다" 하는 소리도 못하고 그래서 나가잖아. 애들은 몬 나가라 해요. 일 나가도 내 몸에 힘든 거도 없고 그러니까 일하러 나가지.

지금도 일을 하고 있습니까?

쪼끔식 한다. 아파트 일도 하고, 또 고속도로 다리 놓는 데 가서도 일한다. 내 아는 사람이 약품을 취급하거든. 문 민을 파고 거기에 약품 넣이뿌면 대번 가다마리된다(굳어진다). 그런 약품 있어. 그거는 우리가 취급을 안 해. 약품을 실어 주고 그 사람들이 어해 하라 카는 것만 가리켜주지. 또 다리를 세워 놓은 뒤 세멘 배합이 잘 안 되서 금이 나아(생겨).

전매청 퇴직 105

곽사장이 [금이 난 곳에] 약물치료해요. 약물치료하고 시멘트 발라 뿌면 딱 붙어뿌. 고런 약품 칠해 주고 그랬다. 지금은 그런 일에 전문가지. 고런 거 바르고 하는 데는 일이 안 뒤(힘들)거든. 붓으로 묻혀서 바르지.

어르신 연세에 일하시는 분들이 있습니까?

드문 편이라. 내 혼자뿐이라. 전부 다 만날 노지. 내 혼자 일하러 댕기지 업심니더. 그런 땜에 "혼자 일하러 말로 댕기노" 카거든. 일하던 사람들이 자꾸 "쫌 해도, 해도" 카니까 나가지. 모른 데는 안 갑니다. 너거가 날 오라 칼 때는 아줌마들보다 지금도 일을 배 더하거든. 더 일을 하니까 그 사람들이 오라카지. 내가 아줌마들보다 일을 적게 하면 사장이 오라 카겠어요. 내가 일하러 가면 아줌마들보다 밥값이 더 나와. 점심값으로 삼천원 더 준다. 요새 나가면 사만원 주거든. 밥은 사 먹을 때도 있고, 안 거라면 집에서 싸서 갈 때도 있고, 아줌마들한테 얻어먹을 때도 있고 그래.

할머니가 안 계시니까 어떤 변화가 있었습니까?

빨래하고 밥하고 고런 기 쪼끔 애로지. 할머니(부인)가 오래 병석에 누웠다가 가뿌시만 쫌 그런데(섭섭함이 적을텐데), 갑자기 가 뿟거든. 이 방(구술을 하고 있는 방)인데 음력 설날 제사 모시고 아들도 촌으로 다 가라 카고 난 뒤, 그날 지녁에 "아~ 따 오늘 억씨기 고단타" 하고 내한테 눕어. 쪼끔 있시 자는 거라. 그래서 눕히고, 난도(나도) 고단하고 해서 자 뿟다. 그런데 이튿날 아침에 일어나 보니 [할머니가] 죽어 뿟어. 아픈 데 없이 그래 가 뿟어. 아무래도 그런 게(아쉬운 점이) 쫌 있지. 안 된 거도 있지만 갈 때 갔다는 생각이 들고 그렇지 머~어. 사람은 한 번은 가는 거 아닌가.

어느 경로당에 나가십니까?

내가 나가는 경로당은 신천 제삼경로당이라. 일하기 땜에 총무도 안 할려고 했는데, 한 분이 나가 뿌고 없고 이래 가지고, 한 달에 한 번만 나와 가지고 서류 정리를 쫌 해돌라 케 가지고 총무를 보고 있어. [경로당에 나오는 사람들은] 전부 사십오 명이고, 할머니가 이십오 명이다. 오전에는 안 모이고. 오후 되면 모두 나와서 어떨 때는 점심밥도 해 먹고, 또 국수나 라면을 끓여 먹을 때도 있고. 오후에 모이면 화투나 치고 세월 보내고 있지. 할미니들은 십원 빼기 화투를 치고, 남자들은 백원 빼기 치고 있시. 많이 잃어노 하루 이천원씩 잃는 정도지. 나는 화투도 몬 치니까. 화토, 술, 담배는 모리(모르)거든. 앉아서 노다가 오고, 안 거라면 장기나 떠기나. 바둑은 쪼매 배았는데 떨 생각은 안 하고.

최근(이천육년)의 하루 일과는 어떠합니까?

아침에 네시 반 되면 일어나지. 일어나서 동네 한 바퀴 돌아가 운동하고, 다섯시 넘으면 밥해 먹고. 여섯시쯤 되면 텔레비 보고. 아침밥은 일곱시 반내지 여덟시에 먹는다. 아홉시쯤 돼 가는 경로당에 무을 열어 주고, 거기서 놀 때도 있고. 아홉시 반 넘고는 다방에 가요. 거기에 가면 영감들 모이가 오전까지 노다가, 오후에는 경로당에 또 가고 그라지. 아홉시 반 정도에 다방 가서 열두시 정도 되면 와요. 집에 와가 점심 먹고는 경로당에 가지. 경로당에 가면 다섯시 되가 나와서 집에 오는 거라. 저녁해 먹고, 아홉시 넘어 되면 자고. 일하러 나갈 때는 아침 일어나는 시간은 같고, 일곱시 반 되가 일하러 가거든요. 차가 와서 타고 가 일하고 다섯시

전매청 퇴직 후 고향 사람들 부부 동반으로 섬으로 놀러 가면서 배 위에서 찍은
사진이다. 오른쪽 두번째가 부인이고, 다음이 김기홍 어른이다. 퇴직 후에는
부부가 같이 여러 곳을 구경다녔고, 사진도 많이 찍었다.

되가 끝나고 집에 오며는 다섯시 반 혹은 여섯시 고래 된다. 다방은 집 바로 앞에 있어. 일곱, 여덟 명이 모이고, 하루 찻값이 천원이거든. 다방 마담한테 카거든. "영감들한테 돈 없다. 천원씩 해라" 카지. 아침 아홉시 반에 가서 천원에 커피 한 잔 주는 거라. 열한시 반쯤 되면 또 쌍화차 한 잔 끼리(끓여) 주는 거라. 마담이 좋은 사람이라. 그래 한 잔 끼리 주면 얻어 묵고는 열두시 가까이 되면 집에 와요. 다방에 하루도 안 모이면, "와, 어제 어디 갔더노" 하면서 전화도 해. 이 부근에 살고 연세는 마카 비슷하고 팔십한둘이 된 사람도 있고, 적은 사람도 있고 고렇지. 식사는 식당에 가 밥 사 먹고. 안 거라면 경로당에 국수하고 마이 사 놓은 것이 있거든. 새마을금고 이런 데서 국수, 감자, 이런 거 마이 사 주데. 그 가지고 경로당에서 끓여 먹을 때도 있지.

신천 부근에 계속 사셨지요. 이 부근에 집들이 어떻게 변했습니까?
그때(육칠십년대)는 여기 길이 포장도 안 되어 있었다. 아파트도 여기에 없었다. 이 부근에도 집도 없었다. 옛날에 여(여기) 보면 초가집도 있었고, 양철집도 있었고 그랬다. 아파트 쪽으로는 허허벌판이었다. 그랬던 곳에 아파트 들어 서고해서 마이 변해잖아. 저녁 때 냇가에 나가서 전부 목욕했다. 물도 깨끗했다. 남자나 여자나 다 같이 목욕했다. 저 알로는(아래 쪽에는) 여자들이, 우로는(위로는) 남자들이 목욕했다. 고기도 더러 잡고, 요새도 비 온 뒤에 보면, 물이 갑자기 빠져 뿌기 때문에 강변도로 우에 미기(메기)가 마이 있어 사람들이 조아 가요. 옛날에 뚝이 없어 낭떠러지고, 집에서 냇가로 그대로 물내려가고 했지. 다리도 없잖아. 신천 다리 생긴 지도 얼마 안 되었어요. 신천은 몇 년 전보다는 요새 덜 더럽지. 자꾸자꾸 물이 깨끗해지지.

신천 동네 사람들은 어떻게 변했습니까?

옛날보다 요새가 이웃들은 더 모한 것 같더라. 여름철 나무 그늘에 모여 음식을 가지고 나와서 서로 갈라 먹고 이랬는데, 요새는 이 집이 어떻게 사는지, 저 집이 어떻게 사는지 모른다. 문 닫아 뿌면, 저 집에 어떤 사람이 이사 왔는지 모른다. 옛날에는 안 그랬어. 마을 부근에 사는 사람들을 서로 다 알고, 누구 집이 어떠하다는 것도 다 알고, 또 여름철에 더우면 골목에 나와서 음식해가 갈라 묵고 이랬는데 요새는 안 그런다.

고향 마을 사람들은 어떻게 변한 것 같습니까?

그때 초가집이 요새는 전부 단층으로 잘 지어 놓았어요. 옛날 우리 집도 양옥으로 잘 지어 놓았다. 창고도 여러 채 지어 놓았고, 전부 양옥집인데. 옛날 그대로 있는 집이 드물다 카이까. 길도 전부 포장되가 있고, [고향 마을로 들어가는 데 냇가를 건너야 하는데] 옛날에는 돌로 다리를 해 놓았는데 요새는 시멘트로 다리를 놓았다. 인심은 지금이 더 모하지. 옛날에는 서로 도와주고, 이 집에서 머~어(음식을) 하면 서로 갈라 먹고 그랬는데 그런 것이 없고, 요새 내가 촌에 가보면, 저 애가 누구 집 애인지도 모른다. 옛날에 촌에 가면, 마을 아이들이 인사도 하고 했는데 요새는 나이 많은 사람들이 가도 인사도 없다. [고향의 자연도] 마이 변했지요. 우리 고향 안에 들어가 보면 십리 골은 넘게 된다. 골짜기 안에 들어가 보면 이런(한 아름) 소나무가 빽빽했다. 옛날에는 전부 동산(마을 공동산)이거든. 이놈이 어해되노 카며는, 자유당 때 국회의원이 우리 동네 와 가지고 "동네 애로가 뭔가?" 하고 물었는 거라. 우리 동네는 말하자면 "하와이"라 캐거든. 마을에서 냇가를 건너면 우보 소재지고 학교도 거기에 다 있다. 비 왔 뿌면 아들 학교를 몬 가는 기라. 물을 건너야 되니까 갈 수가 없는 기라. 돌아가면 십리도 넘는 거라. 그래서 "동네 애로 가 뭐'고" 카니까, 우리 동네에 '다리를 하나 놓아 주며는 표를 전부 다 준다' 카니까. 그분이 하는 소리가 "그 동네 팔십 호로 너무 적다." [그래서] "저 밑에 있는 동네도 이리 댕긴다 카고 추천 받으면 다리를 놓아 주겠다" 이래 가지고 밑동네에 가서 추천도 받고. 우리 동네는 돈을 얼매 투자를 하라카데. 내가(국회의원이) 정부돈 갖고 해줄 수는 없고, 동네 자체에서 돈을 어느 정도 내놓으라 카데. 그렇게 할 수가 없어서, 동네 산을 팔았어요. 그때 돈을 마이 받았어. 팔아 가지고 [다리 건설하기 위해] 일부 주고 돈이 남아 가지고 호당 얼마씩 갈랐다는 소문이 들렸어. 지금은 동재산이 얼마 있는지 모르겠고. 그래 가지고 그분이 국회의원에 당선돼 가지고 다리를 멋지게 놓았다. 여름철에 다리 밑에 '대구 시내 사람 다 온다' 칸다. 텐트 쳐나 놓고 누워 잔다. 토요일날 와 가지고 일요일날 가고. 다리가 넓고, 물이 깊어 "일 년에 사람 한 명씩 빠져 죽는다" 카거든. 고기도 마이 나고(잡히고). 다리 밑 부근에 땅이 파이기 때문에 물이 빙빙 돌거든. 지녁에 놀다가 더워 목욕하다가 잘못하면 죽는 거라. 일년에 한 명씩 외지 사람이 죽는다 카거든. 좌우간 토요일, 일요일 되면 차가 수십 대 거 있다. 옛날에는 물건이나 음식도 해가 이웃과 갈라 먹을 줄 알았지마는 지금은 이상한 식물 같은 거 숨가가(심어서) 팔라카지 갈라 묵을 생각은 없다. 옛날에는 귀한 거 했다고 이웃에 줄줄 알고 이랬는데 요샌 그런 거 없다. 전부 돈만 알고, 시장에 팔아 가지고 돈벌 그런 생각 뿐이지. 인심이 마이 바뀌었지.

세월이 흘러 여든이 되었습니다. 지난 세월을 회고해 보면, 어떤 생각이 듭니까?

서글픈 생각이 나지. 좋은 세상에 하매(벌써) 나이가 이렇게 되었나. 쪼끔만 나이가 적었더라면 무엇을 했으면 하는 그런 생각이 마이 나지. 젊어진다면, 옛날 하던 일이나…. 안 그러면 뭐라도 해보면 싶고 그런 생각이 들지. 요새 영감들 모이면 칸다. 요새 한 칠십만 되도 뭐 이런 거 쫌 해 봐시면 하는 생각을 한다. 지금은 돈이 최고다. 돈이 있어야 뭐라도 되는 거 아이가. 돈 없으면 머라도 안 되거든. 영감들이 카거든. 자식들에게 돈을 주면 좋다 카고, 돈 안 주면 싫다 카지. 지금도 보면 아들 집에 가서 손자들이 할아버지 카고 오만 돈을 한 잎 주면 좋아하고, 돈 안 주며는 할아버지 냄새 난다 카고. 세월이 그렇다. 요새는 돈세상인데. 경로당에 영감들 모이면 칸다. 절대 돈 있어도 자식들한테 다 주지 마라. 내 죽을 때까지는 얼마를 가지고 있어라. 내 먹고 남는 거는 죽은 뒤에는 누가 가져 가면 되지. 돈이 최고다. 영감들이 "절대 자식들에게 돈을 몽땅 주지 마라" 칸다.

주

1. 김기홍(金基洪) 어른은 경주 김씨 영분공파의 37대손이다. 시조 김알지의 7세손인 미
   추왕(신라13대)이 왕위에 오른 뒤 신라 마지막 왕인 경순왕(김알지의 28세손)이 935
   년 고려 태조 왕건에게 나라를 빼앗기기까지 38명이 왕위를 계승하였다. 경순왕의 아
   들 9형제 중 셋째 아들인 영분공(永芬公) 김명종(金鳴鍾 : 영분공파)과 넷째 아들 대
   안군(大安君) 김은열(金殷說 : 대안군파)을 1세조로 하는 계통이 대표적이며, 조상에
   대한 계통은 확실하지 않으나 경순왕의 후손으로 전하는 김장유(金將有 : 판도판서
   공파), 김인관(金仁琯 : 태사공파), 김순웅(金順雄 : 대장군공파)을 1세조로 하는 계통
   등 크게 5파로 갈라져 후대로 내려오면서 10여 개의 지파(支派)가 생겨났다. 그 후손
   들이 번성함에 따라 현달한 인물을 중심으로 분파되었다.

2. 보충 면담 때(2007년 5월 27일) 김기홍 어른은 올 해(2007년) 80이라고 말씀하셨다.
   그러나 주민등록상에는 1929년 출생한 것으로 되어 있다.

3. 신령 앞에서 부정(不淨)을 없애고 소원을 비는 뜻으로 얇은 종이를 불살라서 공중으
   로 올리는 일 또는 그 종이를 뜻한다.

4. 삼이나 모시·목화·누에로 각기 베나 모시·무명·명주 등의 피륙을 짜는 과정을
   말한다. 구석기 유적에서 물레 부품, 가락바퀴, 뼈바늘 등이 발견된 것으로 미루어 이
   시기부터 길쌈이 시작된 것으로 추정하고 있다. 길쌈은 일찍이 여성의 노동으로 자리
   잡았다. 조선 후기 『규합총서(閨閣叢書)』에는 팔도의 명산물로 흰신·진인·곡
   산·광주의 모시, 영천의 황서포, 성천·영농·명천의 명주, 곡산의 마, 팔금도의 목
   화 등을 꼽고 있다. 당시 가장 많이 이용되던 옷은 삼베·모시·명주·무명이다. 길

113

쌈은 부녀자들의 여가 노동 생산품으로 가장 큰 비중을 차지했으며, 화폐가치를 지닌 자금원으로 가내수공업의 하나가 되어 현금같이 거래되었다(http://enc.daum.net).

5. 일제시대 때 경찰관의 최하위 계급, 지금의 순경에 해당한다. "순사라는 직제가 생겨난 것은 1906년이다. 일제는 대한제국의 경찰직제를 자신들과 똑같게 하면서 최하급 경찰의 명칭을 순검에서 순사로 바꿨다. 순사가 부정적 이미지로 각인된 것은 '헌병 경찰' 때문이었다. 일제는 식민통치 기반을 다지기 위해 헌병과 경찰을 통합 운영하며 조선인들을 탄압하였다. 그리고 한국인들을 주로 일본인 순사의 보조원으로 뽑아 써 민족간 분열을 조장했다. 합방 당시 일본인 순사는 1천7백8명, 한국인 순사보는 3천3백25명이었다. 해방 후 미군정은 순사라는 명칭을 없앴다. 그러나 치안을 유지하고 좌익세력을 견제하기 위해 일제 때의 한국인 순사들을 다시 임용했다. 민중들을 탄압하던 이미지가 그대로 우리 경찰로 이어진 것이다." (http://www.lupinpink.com)

6. 남몰래 넌지시 일러바침, 일반적으로 고자질한다고 함.

7. 최인상 어른(82세, 군위군 의흥면에서 출생)이 '식량난' 이란 글 속에 일제 식민지 말기 농촌의 어려운 사정을 다음과 같이 기술하고 있다. "군납, 공출 때문에 농사는 뒷전, 그때마저 흉년들어 배고파 운다. 먹지 못해 얼굴조차 퉁퉁 부어 오르고 그래도 공출 때문 잠조차 못 이루어 손발이 터지도록 가마니를 쳐야 한다. 낮이면 산에 가서 솔공이 따는 신세, 배는 고파 허리에 붙고 죽지 않는 이 목숨, 소나무 껍질 벗겨 이 목숨 이어간다. 이 산 저 산 소나무는 흰옷을 입고 시들어가는 사람 말라 죽는 소나무야, 기구한 운명 속에 껍질마저 벗길 것 없는 소나무야, 너 신세 내 신세가 죽지 못할 목숨들이 어디다 의지할꼬. 쌀등개 보리등개 수십 리 가는 길 구석구석 정미소가 나를 울린다. 앞질러 모두가 다녀갔기에 허둥지둥 힘없이 발길 돌린 이 심정 등개떡 등개죽 나물죽이 왠말이냐. 들녘에는 푸른 잎들 남김이 없고, 오랜만에 배급이라도 나오고 보면 하늘에 별따기는 누워 떡먹기 모두 다 일본말로 외워야 되니."

8. 일본 제국주의 입장에서는 중국과 동남아시아를 침공해서 승리를 거둔 것이지만 침략 당하는 땅과 주민은 잊을 수 없는 굴욕과 수모였다. 제국주의 영역을 넓혀 가면서 남경대학살이란 끔찍한 만행을 자행했다. "1937년 12월에 일본군은 남경을 함락하

였다. 국민 정부는 중경으로 옮겨갔다. 중경은 전시 임시수도로 되었다. 일본군은 남경에서 이 세상에서 일찍이 본 적이 없는 대학살을 감행하였는데 30여만 명이 살해당하였다. 남경에서 일본군의 폭행을 목격한 한 일본 기자는 이렇게 썼다. "부두에는 가는 곳마다 거멓게 그슬린 시체들이 쌓이고 쌓여 산을 이루었다. 시체들이 산을 이룬 사이로 50명 내지 100명가량 되는 사람 그림자가 천천히 움직이고 있었는데 그들은 시체를 강변으로 끌고 가서 강물에 처넣었다. 신음소리, 뻘건 피, 경련을 일으키고 있는 손발들, 숨막히는 정적, 이 모든 것은 우리들에게 깊은 인상을 남겨주었다." (연변출판부, 중국근대현대사, 2004, pp. 46~47)

9. 1933년 대구 근교에서 태어나 이곳에서 유년 시절을 보낸 한 헌법학자의 경험담에도 이와 같은 내용이 포함되어 있다. "1940년 일본은 미국과 선전포고를 하였고 전쟁이 확대되었다. 처음에는 승승장구 일본군이 동남 아세아 지역을 석권하여 승전을 축하하였다. 싱가폴이나 말레이시아가 함락될 때마다 헌지의 고무를 사용하여 만들었던 공과 운동화 등을 배급해 주기도 하였다." 또한 당시 일제 식민지 정책과 농민들의 어려운 사정을 다음과 같이 기술하였다. "전세가 나빠지자 일본은 쌀 배급을 하지 않고 대두박이라고 하는 콩기름을 뺀 껍질을 압축한 것을 삶아 먹게 하였다. 집에서는 논농사를 지었으므로 많은 나락을 생산하였으나 거의 다 공출하였고, 대두박이나 섞어 밥을 해먹었다. 또 솔 껍질을 벗겨 밀떡을 해 먹거나 무밥을 먹기도 하였다." (김효전, 『헌법정치 60년과 김철수 헌법학』, 박영사, 2005, p.5)

10. "1876년 이후 일본으로부터 석유가 들어오면서 등잔은 호롱으로 바뀌었다. 등잔은 뚜껑이 없는 종지 같은 그릇이었으므로 석유를 쓸 수가 없었다. 석유는 인화성이 강하여 등잔 전체에 불이 붙기에 석유를 넣는 병모양의 용기와 이를 덮는 뚜껑을 만들었고 뚜껑을 관통하는 심지에 불을 붙이는 호롱불이 생기게 되었다." (http://blog.daum.net/rdm7711/5088091)

11. 김철수(헌법학기)의 경험담에도 이와 유사한 내용이 포함되어 있다. "3학년 때(1943년)부터 노무 동원이 시작되었다. 비행기 기름이나 자동차 기름이 없어 송탄유를 사용하였는데, 야산에서 소나무 송진을 걷어 와야 했고, 농사용으로 풀을 베어와 퇴비를 만들기도 하였다. 이들 노무 동원은 힘이 들었다." (김효전, 『헌법정치 60

년과 김철수 헌법학』, 박영사, 2005, p.4)

12. 이 마을은 팔공산의 북서쪽에 위치해 있고, 육이오 당시 북한군이 남하하는 주 통로 였기 때문에 아군(미군)의 전투기가 마을 일대를 무차별 폭격한 것으로 볼 수 있다.

13. 우보면 나호동은 우리나라 함안 조씨 집성촌의 한 곳이다. 함안 조씨(咸安趙氏)의 시조는 고려 초에 대장군을 지낸 조정(趙鼎)이다. 그리고 후손들이 함안에 정착 세 거하며 본관을 함안으로 삼아 세계(世系)를 이어왔다. 1985년 경제기획원 인구조사 결과에 의하면 함안 조씨((咸安趙氏)는 남한에 총 56,433 가구, 231,728 명이 살고 있 는 것으로 나타났다.

14. 우보면 나호동에 살고 있는 박씨의 본관은 월성(月城, 지금의 경주시)이며, 집안의 인물로는 박능일(朴能一, 1857~1917)이 있다. 박능일은 우보면 나호동에서 임란공 신(壬亂功臣) 박종남(朴從男)의 후예(後裔)로 태어났다. 1917년 7월 20일 영일(迎 日) 앞 바닷가의 바위에 큰 글씨로 "원수의 나라를 섬기며 살기보다는 차라리 바다 에 빠져 죽는 것만 같지 못하다. 벼슬하지 않고 파묻혀 지내온 조선 선비 박능일" 이 라고 써놓고 바다에 투신하였다. 며칠 후 그의 시체가 물결에 따라 바닷가에로 밀려 왔었는데, 일본 경찰은 이 사실을 알고 세상에 여론이 퍼질까봐 두려워 극비에 붙여 버렸다. 광복 후 도내(道內)의 뜻있는 사림(士林)이 그의 애국심을 길이 찬양하기 위 해 그 자리에 비석을 세웠다(http://blog.naver.com/sebalkkamaki/13865742).

15. 우리나라에서 능금에 대한 최초 기록은 『계림유사』와 『고려도경』이다. 전자에 는 "임금(林檎)을 민자부(閔子蒂)라고 한다" 라는 기록으로 보아 능금을 민자부라 는 이름으로도 부르고 있었음을 알 수 있다. 후자에 따르면 "내금(來檎), 청리, 오 이, 복숭아, 배, 대추가 있는데 맛이 싱겁고 모양은 작다고들 한다" 라는 내용이 있 다. 여기서 '내금(來檎)' 이란 용어가 바로 능금을 지칭한다. 중국에서 신품종 능금 이 도입되었을 때 그것은 명약관화하게 '빈과' 이었지만 '능금' 이외에는 다른 명 칭을 가지고 있지 않았던 중국인들은 능금의 다른 명칭인 '사과' 라는 말로 대신하 여 해결하려 하였다. 그러한 중국인들의 잘못된 발상이 우리나라에 그대로 전래되 어 식자층을 중심으로 '사과' 라는 용어가 전파되었던 것이다. 개화기 때 우리나라 에 도입된 서양 능금도 이와 똑같은 상황을 답습하였다. (조선농회보, 제 6권 제 2호,

1911, p. 11쪽)에서는 서양에서 온 능금을 한자로 '서양림금(西洋林檎)'이라고 표시하였음에도 한글로는 '사과'라고 표시하여 기존에 있던 우리 토종 능금과 구별하였던 것이다(석태문, 경북능금산업발달사, 경북대학교 박사논문, 1997, pp. 1~2).

16. 현재 영신중학교는 1946년 10월 17일 박재석 목사가 기농학원으로 개교(3학급)하였고, 1950년 5월 27일 영신중학교(6학급)로 설립 인가를 받았다. 2006년 1월 23일에 대구광역시 동구 신천동에서 봉무동으로 교사를 이전하였다. 그리고 2006년 2월 10일 제59회 졸업식이 거행되었으며, 지금까지 졸업생 총수는 24,801명이다. 김기홍 어른은 일제시대 때 박재석 목사를 고향 마을(우보면 나호동)의 교회에서 알게 되었고, 기농학원 야간부 입학 직후 박재석 목사님 집에서 숙식(宿食)을 제공받았다.

17. 송림사(松林寺)는 팔공산의 서쪽에 위치한 사찰로 통일신라시대 때 만들어진 오층전탑(五層塼塔)이 있다. 이 탑의 높이는 16.13m이고, 기단폭은 7.3m이다. 우리나라에 몇 기밖에 남아 있지 않은 희귀한 탑이다.

18. 경상북도 칠곡군 가산면에 위치한 가산산성(架山山城)을 말한다. 이 산성은 임진왜란과 병자호란을 겪으면서 잇따른 왜침에 대비하기 위하여 축성된 요새이다. 사적 제216호로 면적은 19만 4,436㎡이고, 외성(外城), 중성(中城), 내성(內城)으로 구성되어 있다. 내성은 인조(仁祖) 18년(1640년) 경상도 관찰사 이명웅(李命雄)이 가산의 지리적 중요성을 인식하고 축성을 조정에 건의하여 만들어졌다. 내성의 길이는 4,710보(약 4km)이며, 성내에 객사·인화관(人和館)을 비롯한 관아와 군관청·군기고·보루·포루(砲樓)·장대(將臺) 등이 설치되었지만 현재는 건물터만 남아 있다.

19. 김철수(헌법학자)는 대구 십월 일일(10월 1일) 사건을 당시 한반도 전체와 대구의 정치·사회 지형과 관련시켜 다음과 같이 서술하였다. "대구는 당시 한국의 모스크바로 불릴 만큼 이념대립이 심했다. 중학생들도 이념 서클에 가담하여 수업 도중 잡혀가기도 하였다. 1946년 10월 1일 대구폭동으로 많은 친일파 경찰들이 살해당하고 학교도 임시휴교를 하는 등 이수선하였다. 해방 후 한국 사회는 백가쟁명의 시대였고, 좌익이 도덕적 우위를 인정받기도 하였다. 그 이유는 과거 친일했던 사람이 공직을 맡았기 때문이 아닌가 생각된다." (김효전, 헌법정치 60년과 김철수 헌법학, 박

영사, 2005, pp. 6~7). 김무용은 1946년의 9월 총파업과 10월항쟁을 연결시켜 기술하고 있다. "1946년 중반 들어 미군정의 탄압이 본격화되고, 노동자를 비롯한 대중투쟁이 점차 격화되는 국면에서 9월 총파업과 10월 항쟁이 발생하였다. … 9월 총파업은 1946년 9월 23일 부산 철도노동자들의 파업에서 시작되었다. 부산철도구 관내 노동자 7,000 여명은 23일 오전 0시를 기해 부산발 상행선 모든 열차운행을 중지하고 총파업을 단행하였다. 대구 경북지역의 노동자 총파업이 대중투쟁·대중항쟁과 결합될 가능성은 1946년 10월 1일 들어 현실화되었다. 10월 1일, 남조선총파업 대구시 투쟁위원회 앞에는 철도파업단을 비롯하여 각 산업별 파업단이 수천 명씩 모여 매일같이 농성하고 있었는데, 오전 10시에는 공업부문의 각 공장 파업단이 모이고 일반시민까지 참여하여 2만여 명이 집결하였다. 이러한 상황은 10월 1일 오후 6시경, 무장경관 170여 명이 남아있는 군중을 해산시키려고 기습적으로 습격·발포하여 사상자가 발생하면서 개로운 국면으로 전개되었다. 오후 7시경에는 해산했던 군중들이 총소리를 듣고 분노하여 대구시 투쟁위원회 본부 앞에 모여들기 시작하여 수천 명이 집결하였다." (김우용, 1946년 9월 총파업과 10월 항쟁의 상호 융합, 운동의 급진화, 대구사학, 85, 2006, pp.1, 4, 15).

20. 해방 당시의 상황을 기록한 책 속에 전염병 유행과 빈곤 상황을 다음과 같이 기술하고 있다. "대구 지역에서는 광복이 되고 1 년 정도 지나서 콜레라가 폭발적으로 유행했는데, 감염되면 살아나는 경우는 없었고 가족들마저도 환자를 버렸다. 대구는 콜레라로 인해 완전히 고립되었다." (당시 의사 박희명 증언)

"당시 노약자들은 배가 고파 드러누워 있으며 콜레라 환자는 수용소로 보내져 방치된 체 죽음을 맞는 경우가 많았다. 사람들은 쌀을 달라고 시청이나 도청에 항의하러 가는 '기아행진'을 벌였고, 전매청에 근무하던 사람들은 담배갑을 만들 때 사용하는 풀을 먹지 못하도록 염료를 탔지만 먹어버리기도 했다." (전평활동가 이일재 증언)(문제한 외 39인, 『8.15의 기억』, 2005)

21. 김기홍 어른의 친구이며, 우보면의 이웃인 의흥면에 살았던 최인상 어른의 '피난생활'에 관한 서술은 당시의 개인과 집단 나아가 사회가 어떠한 어려움을 참아야 했는가를 잘 보여주고 있다.

"피난길 갈 곳도 없이 보따리 등에 메고 어디로 갈까? 쏟아지는 총탄소리 등에 업고 서 엎어지며 자빠지며 어디 가야 하는가? 물밀듯이 밀려오는 피난 행렬은 좁다란 강토 위에 어디가 종착인지. 어찌해야 좋을지 갈 곳조차 없는데 앞산 뒷산 좌우에는 총소리 진동하고 보따리 꾸려 메고 피난길을 떠났다. 그때 마침 마누라는 임신이 되어 산달을 며칠 눈앞에 두고 산같이 불러온 배 숨결조차 가쁜데 어디다 의지하랴 마음이 아프다. 한보따리 지게에 지고 마누라 옆에 끼고 살려고 가는 건지 죽기 위해 가는 건지. 눈물이 앞을 막고 세상은 밤중인데 그래도 남들이 가니 나도 가야하는데 보따리 저 멀리 갖다 놓고서 마누라 업고 계속 가야만 하는 그럭저럭 지친 몸 엎어지고 자빠지며 적적한 산기슭에 홑이불 천막 치고 냄비밥 소금국도 일품이더라.

비행기는 이곳 저곳 폭격을 하며, 총소리는 천지를 흔들어 놓고 내 마음이 아프다. 소개명령이 또 다시 보따리를 꾸려서 메고 시친 몸 이불고 더 살 수 없는 온 몸이 부이올라 죽지 못해 가는 길. 폭격에 허물어신 산기슭 어느 마을, 사람들은 모두 다 피난가고 미리 온 사람들 집집마다 차지하고 산기슭 강 언덕에 홑이불 집을 삼아 몸을 지탱하여 힘없이 쓰러져 누웠다. 온 몸을 비틀고 콩죽 같은 땀에 젖어 진통에 못 이겨 울어대는 마누라야 찬바람 몰아치는 벌판 위 한구석 산모의 위험하여 방 가진 사람에게 사정사정 해 봐도 매정한 피난생활 꼼짝도 않는다. 오늘 내일 모르는 피난생활이지만 이런 사정 보고만 있을 수 있나 차지하던 마구간을 비워 주면서 몸조리 부탁하며 벌판으로 나갔다. 젊은 부부 마음에 눈물 흘리며 마구간 소똥 위에 보릿짚 깔아 덮고 홑이불 위에 깔고 지친 산모 눕혔다. 온 몸이 땀에 젖어 나를 안고 울었다. 몸부림 받아차던 20~30 분 후에 으앙 을 음소리 미구간을 흔들었다. 주위에 사람들은 모두 몰려와 산모 아이 건강과 축복을 빌었다. 고추다 정말 고추다. 생전에도 보지 못한 출산이기에 산후의 바라지를 어찌해야 되는지 마음에 갈피를 잡지 못했다. 허둥지둥 주선을 두서없이 마치고 나뭇가지 불을 피워 밥을 지었다. 온 몸은 퉁퉁 부어 불 모양 없고 음식인들 제대로 먹을 수 있나.

기쁜 소식 오기만 손꼽아 기디리며 그날그날 기다리는 3~4 일 후에 총소리 내포소리 근방이라도 좌우의 산천을 울려대는데 어디론가 끝없는 피난길을 떠났다. 냄비, 그릇, 보따리, 지게에 얹고 핏덩이냐, 아이냐, 어린 것 안고 마누라는 기진맥진 부어오른 몸으로 지게목발 의지해서 떠나야 했다. 해는 벌써 말없이 서산 허리에 걸쳐 있고, 어둠 속에 오솔길 험한 산길을 가다가 주저앉고 일어서 자빠지며 이 밤이 다 가도록 넋 잃은 사람처럼 발길이 닿는 데로 힘없이 나는 간다. 내 나라 민족끼리 이런 변이 어디있나. 살기 위해 가는 건지 죽기 위해 가는 건지 어둠이 파고드는 밤길 어느 산모퉁이 홑이불 천막치고 쌀자루 베개 삼아 아이는 울어대고 먹지 못해 젖은 없고, 수숫대같이 몸은 말라비틀어지고 불쌍하기 짝이 없고 울기만 하는구나. 눈이 캄캄 희미한데, 어찌해야 좋을런지 죽고만 싶은 마음 천지가 아득하다. 아기는 울어대고 젖은 나오지 않아서 뼈아픈 이 심정 누가 알겠는가. 쓰라린 피난 생활 흘러 태양도 반가이 웃음을 짓고 고요히 들려오는 기쁜 소식이다. 인민군은 후퇴하고 아군은 진격하니 귀향의 방송이 천지를 흔들었다. 피난의 기쁜 환호 얼키고 설키어 나 먼저 가기 위해 한때는 수라장 울고 웃고 기쁨에 넘친 마음 발동이다. 모두들 어깨에 메고 등에다 지고 달음박질 걸음으로 날고뛰었다."

22. 김기홍 어른의 친구인 최인상 어른(82세)의 '귀향길' 글 속에 파괴된 마을의 모습과 이후 마을의 상황을 잘 나타나 있다.

"집이라고 나중 들어와 보니 비행기 폭격마저 상처뿐인 논밭들, 인민군 겪고 간 집들은 엉망이고 논밭에 오곡은 풍성하였다. 인민군 주력부대 후퇴 패망하였고, 공비로 패잔병들 산곡에 숨어 밤이면 하산하여 마을 사람 괴롭히고, 이 계곡 저 산천에 사라진 시체들은 썩지 못한 둥치되어 외로이 잠들어 있다. 공비에 붙들려 죽어가는 사람들, 피난 못 가 죽은 사람, 전쟁으로 죽는 사람, 피난가서 폭격에 시체가 되어 강물은 피로 변해 흘러내리고 산과 들은 피로 곱게 얼룩져 있다. 어찌하여 한 형제 총을 겨누어 죽이고 싸우고 원수가 되었나. 나라 위해 죽어버린 한 많은 영들이여, 산천도 울고 대지도 나도 울었다. 동란이 스쳐간 수라장에는 흐트러진 수류탄에 목숨이 가고 지뢰에 죽어 가는 영혼들이여, 들판에도 산에도 마음 놓고 다닐 수가 없다."

23. 임창봉은 나무 구입과 관련된 서민의 애환을 우스운 이야기의 형식으로 표현하고 있다. "솔나무도 지게로 지고 다니면서 팔았는데, 우스운 얘기로 그런 얘기가 있어. 솔잎을 이렇게 지게로 지고 다니잖아. 그럼 골목을 지나다니는데 못된 아줌마가 저 골목에서 '아저씨 나무 산다. 오세요'(그런다고). 그러면 좁은 동네를 가다 보면 솔

잎이 떨어지잖아. 그럼 '아휴, 안 사요' 하고 그거(떨어진 솔잎) 갖다 긁어서 땔감으로 쓴다는 우스운 얘기도 있었어. (그렇게) 솔나무를 지게에다 지고 골목골목 다니면서 팔고 그랬어. 그 전에 구루마도 없었어." (서현정, 한국민중구술열전 14, 2005, pp. 26~27)

24. 국가 또는 지정된 기관이 지정된 상품을 독점적으로 판매할 수 있는 권한을 갖는 제도인 전매제도는 1899년 7월 대한제국 궁내성 내장원 삼정과 설치로 시작된다. 이후 조선총독부 재무국이 홍삼전매령(1920년)과 담배전매령(1921년)을 공포하여 전매제도의 기틀을 마련하였다. 해방 후 재정경제부 전매국이 담당하게 되었고, 1951년 전매청으로 승격되었다. 1962년 염 전매법이 폐지되어 소금에 대한 독점권이 없어졌으며, 1987년 4월 한국전매공사로 전환되면서 국가독점의 위치를 상실하게 되었다. 그리고 공사의 본사는 충청남도 대덕군 신탄진읍에 위치한 신탄진 연초제조창으로 이전되었다. 그리고 한국전매공사는 민영화를 대비하기 위해 1988년 4월 한국담배인삼공사로 전환되었고, 1997년 10월 출자기관으로 전환되어 본격적인 민영화 시대를 예고하였다. 2002년 대한민국 정부와 그 산하기관이 가지고 있던 주식이 매각되어 민영화에 따른 기준이 충족되었고, 한국담배인삼공사에서 주식회사 케이티앤지(KT&G Corporation)로 변경하고 주식 취득 제한 폐지를 통해 민영화를 달성하였다(http://ko.wikipedia.org/wiki/KT&G).

대구 전매청의 역사는 1921년 7월에 대구 전매국이 설치되면서 시작되었다. 해방 후 1952년 12월에 대구지방 전매청으로 그리고 1964년 1월 대구전매지청이 변경되었다. 한국이 전매청이 민영화되면서 대구전매지청도 1987년 4월에 한국전매공사 내 구지사로 그리고 1989년 4월에 한국담배인삼공사 대구지사로 전환되었다.

25. 담배는 16세기말~17세기초 일본에서 우리나라로 전래된 것으로 보고 있다. 담배에 관한 기록이 국가의 공식문서에 처음 나오는 것은 『조선왕조실록』의 인조(仁祖) 임금 때이고, 일본으로부터 한반도에 유입된 것으로 추정하고 있다.(이영학, 2005, 61~62) "이 풀(담배)은 1616년과 1617년 사이에 바다를 건너와 피우는 사람이 있었으나 성행하지는 않았다. 그 뒤 1621년과 1622년 이후에는 담배를 피우지 않는 사람이 없었고… 씨를 뿌리고 수확하여 사람들끼리 서로 교역하기에 이르렀다." (『인

조선록 仁祖實錄』 권 37, 인조(仁祖) 16년 8월) "남초(담배의 별칭)는 본래 섬오랑캐의 요사스러운 풀인데, 임진왜란 때 처음 우리나라에 들어왔으며 그 이전에는 없던 풀이다." (『승정원일기(承政院日記)』 영조(英祖) 10년 1월 11일)

담배가 전래될 초기에는 약초로서 인식되었다. "병든 사람이 피우면 좋다" 라든지 "술을 깨게 한다" 든지 혹은 "소화를 잘되게 한다" 는 등의 소문과 함께 많은 사람들이 담배를 피우게 되었다. 그리고 한 번 담배를 피우면 중독이 되어 쉽게 끊지를 못해 보급 속도가 빨랐다. 시간이 지남에 따라 담배는 약초보다는 기호품으로 애용되었고, 나아가 손님을 대접할 때 차나 술 대신 담배를 권하는 풍습이 생기면서 연다(煙茶, 연기나는 차) 또는 연주(煙酒)로 불리기도 하였다. 양반만이 아니라 위로는 대신으로부터 아래로는 평민과 천민 모두가 담배를 피웠다. 17세기 중반 조선인이 담배를 좋아했던 풍속은 하멜(Hendrick Hamel)이 조선에서 본 상황을 기술한 책에 잘 나타나 있다. (이영학, 2005, pp. 63~64)

"현재 조선인들 사이에는 담배가 매우 성행하여 어린이들까지도 4, 5세 때에 이미 이를 배우기 시작하며, 그래서 남녀 간에 담배를 피우지 않는 사람이 극히 드물다. 처음 담배가 들어왔을 때에 그들이 은(銀)의 중량으로 이를 무역하였고, 그 이유로 (담배가 나는) 남만국을 세계 가운데 가장 훌륭한 나라의 하나로 쳐다보게 되었다." 『하멜표류기』 조선국기(李丙燾 譯註, p. 86쪽)

26. 담배 농가에서 생산한 잎담배를 말한다.

27. 제조창 사무동 지하에 법당, 교회(개신교 실), 성당(천주교실)이 만들어져 같은 종교인 모여 종교 행사를 갖췄다. 휴식 시간, 특히 점심 시간에 각각의 종료실에 모여서 종교 활동을 하였다. 1980년대 초반 불교 회원은 거의 100명 정도였고, 기독교 회원은 약 70명 그리고 천주교의 경우가 약 30~40명 정도였다. 현장에서 일하다 보면 심신적 고통을 종교로서 승화하고 또 친목 모임의 성격이 상당히 강했다.(양재출, KT&G 대구본부 총무부 총무과장) 제조창에 설치된 법당에 다녔던 여성들의 일부는 퇴직 후에도 당시 제조창에 출입한 스님이 운영하는 절(수성못 가까운 곳에 위치한 정토사)에 나와서 종교과 친목 행위를 지속하고 있다.

가계도

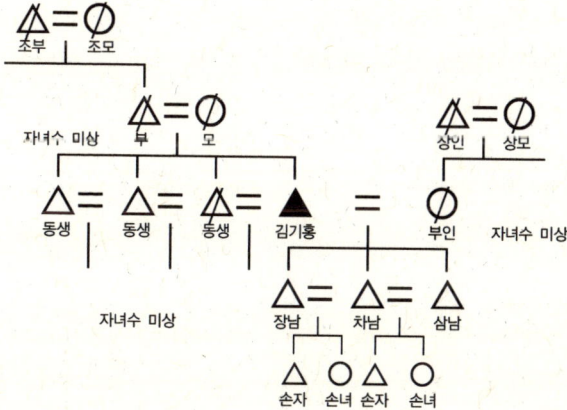

조부 = 조모

자녀수 미상   부 = 모

상인 = 상모

동생 =   동생 =   동생 =   김기홍   =   부인   자녀수 미상

자녀수 미상

장남 = 차남 = 삼남

손자 손녀 손자 손녀

△ 남자
○ 여자
／ 사망

123

연보

1927년   경주 김씨(父)와 해주 오씨(母)의 장남으로 군위군 우보면 나호 2동 (현재 주
         소)에서 출생함. 출생연도 확인을 위한 면담(2007년 5월 27일)에 따르면 실제
         나이는 80세지만 주민등록상에는 1929년으로 신고가 되어있음.

1943년   초등학교 4학년 때 대구에서 개최된 박람회(일본 제국주의가 중국과동남아
         시아 일부를 침공하여 승리를 선전할 목적)를 구경함.

1945년   함양 박씨와 중매로 결혼함. 당시 부인이 한 살 많았음.

1946년   해방 1회로 초등학교 졸업

1946년   기농고등공민학교(영신중학교 전신)에 마을 친구 세 명과 함께 입학하였음.

1955년   전매청 대구 연초제조창에 입사함. 확인 면담(2007년 5월 27일)에 의하면 입
         사연도를 확실하게 기억하지 못하고, 휴전되고 2~3년 후인 것으로 구술.

1952년   첫아들의 출생

1956년   둘째 아들의 출생

1973년   셋째 아들의 출생

1987년   30여 년 근무한 전매청 퇴직

1996년   부인이 구정 다음 날 갑자기 세상을 떠남.

2003년   신천3동 제3경로당(대한노인회 대구 동구 신천3동 제3분회)의 총무를 맡음.

부록

전매청 여성 근로자의 체험기

전매청의 농림 생산직

전매청 여성 근로자의 체험기
-1960년대 중반 ~ 1970년대 후반[1]

고향과 상업계 고등학교 진학

양력으로 정확하게 천구백사십오년 십이월 말쯤 태어났는데 그 당시만 해도 호열자병이 많이 돌아다녔어요(발생했어요). [우리] 동네에서도 전염병이 많이 돌아다녀서 출생신고를 안 했어요. 그러다가 백 날 가까이 되어 출생신고를 하면서 '대충 언제 태어났다'고 해서 천구백사십육년 일월 십육일로 되어 있어요. [고향은] 경북(경상북도) 청도군 금천면 신지리. 어릴 때부터 고등학교 들어갈 때까지 [고향에서] 계속 있었지요. 그리고 고등학교를 대구에 나와서 했어요. [집에서] 대학을 시켜 줄 생각은 안 하고 돈벌이할 수 있는 실업계 고등학교로 가라고 해서, "졸업하고 직장을 구할 수 있는 학교를 선택하라"캐서 대구여자상업고등학교를 갔지요. 그때는 상고(상업고등학교)가 상당히 좋았지요. 원래 중학교를 졸업하고 대구여고 시험에 되었거든. 근데 돈 없다고 안 시켜 줄라카더라고. 그런 것 같으면 실업학교를 가 가지고 주산 잘 놓고, 빽 있으면 은행에 들어갈 수 있으니까 한 번 들어가 봐라 그래서 실업학교를 택했다. 그 전에는 각 학교별로 시험을 쳤는데 그때만(우리가 시험을 칠 때) 해도 전국적으로 똑같은 문제 내서 시험을 쳤어요. [집안 형편은 그렇게

127

어렵진 안 했고. "저가 고등학교를 갔다" 카는 거는 내가 생각하기로 우리 집이 잘살아가 보낸 게 아니고 부모님들이 그때만 해도 좀 배운 어른들이라. 그래서 자식 공부를 시킬라고 [했어요]. 좀 어려운 형편인데 우리 할아버지를 참 잘 만났어요. 중학교를 졸업하고 난 뒤에 고등학교 시험됐는데 안 시켜 주니까 막 울었지. 할부지가(할아버지가) "니(너) 와 자꾸 우노" 이카서(말씀하셨어). 그래서 "할부지, 아부지(아버지)가 날 고등학교 시험 그것도 좋은 성적으로 잘되었는데 안 시켜 준다" 이카 니까. "공부해라" 이카시드라고. [고향에 있는] 초등학교가 팔십 내지 구 십회 정도 되었지. [초등학교] 초대 교감을 우리 증조할부지가 하셨어요. 우리 증조할부지 덕택으로 우리 할아버지, 아버지는 학교를 하셨지. 우리 할부지는 학교에 가면 "선생님 말씀 잘 들어라. 저런 거는 어떻게 한 다" 카시거든. 할부지는 그때만 해도 신식 어른이셨다. "아부지가 [공부 를] 안 시킬라"고 한다 카니까 할부지가 "공부를 해라" 카시더라고. 아 부지는 "내가 니를 고등학교 시킬라 카니 오빠도 있고 어른들도 편찮으 시고 조금 어렵다. 억지로 하마 되지마는" 카시더라고. 그리고 "중학교 만 하면 소를 한 마리 사 주께. 그 소 크면 니 시집가면 된다" 이카시는 거 라. [그러나] 할아버지가 "논을 팔아가 공부시키 줘라" 카시더라고. 할부 지 명령으로 "고등학교 시키라" 카니까 [나를] 고등학교에 보낸 거라. 뒤 에 여동생도 공부했지. 대구에 와서 고향 아들카(아이들 하고) 자치(자 취)를 했지요. 방 한 칸에 월세로 천육백원이었어. 육십이년에 화폐개혁 을 했거든요. [그리고 난 뒤] 버스비가 삼원 했어요. 그해 유월 내가 고등 학교를 한 해 놀다가 들어갔어. 육십이년에 대구에서 사십이회 전국체 육대회가 열렸고, 학교를 갈 때 버스비로 삼원씩 주었다. 지금 전국 방방

곡곡에 아스팔트로 [포장] 되어 있지만 그 당시에 명덕 로타리는 아스팔트로 안 되어 있었어. 전국체육대회 한다고 천구백육십이년도에 아스팔트를 했어요. 지금도 변함이 없는 데가 남문시장 가는 데와 남산동 효성학교 있는 데는 육십년 대나 비슷해. 다른 데는 많이 변했어.

전매청 입사(공채 일회)

우리는 실업학교이니까 삼학년 되면 직장 걱정을 하지요. 은행 같은 좋은 직장은 안 되었어. 상공회의소 뭐 이런 데 시험을 쳤는데 어느 날 흑판에다가 "어데(어디에) 시험친다" 카마 선생이 써 두었어. 원서 낼 사람은 내라고. 지금 대량으로 사원을 뽑는 데가 있는데 [그곳이] 전매청이라. 대구 연초세조장에서 기능직 공무원을 뽑는 거라. 기능직 공무원이어떤 긴지 그때만 해도 몰랐지요. 그때는 오빠하고 여동생하고 같이 공부를 했어요. 고등학교 삼학년이 되니깐 자연적 부담이 되고 노인들도 편찮고, 어른들이(부모님이) 역시 힘겨워하시니까 대학은 갈 생각도 안했다. 어느 날 선생님이 흑판에다 "대구 연초제조창에 여자 오십 명, 남자 백오십 명을 뽑는다" 고 써는 거라. [그리고] 원서 낼 사람은 원서를 내라 카데. 우리 오빠가 "명색이 공무원이고, 할 일 없으니까 시험 함 쳐 봐라" 이래. 그내만 해도 고등학교 삼학년인데 담배 만드는 데 뭐하러 가겠노 싶어서. 그때만 해도 시험에 학력 제한이 없었어. [그래서] 중학교를 졸업한 친구가 저거 이모가 전매청에 다녔다. [그 친구가] "나 전매청시험 칠라 칸다. 니 시험 함 쳐 보자" 이라는 기라. 그럼 시험 함 쳐 보지고 [결심했다]. 우리 오빠가 옆에서 보니까 가는(친구는) 밤낮으로 공부하는데 나는 공부 안하고 돌아댕겼어. 한 날은 오빠가 나를 보고 카더라고. "중학교 졸업한 친구는 되고(합격하고) 니가 떨어지면 챙피시러워

우야노" 카는 기라. 자가(친구가) 촌에 가서 "나는 중학교 졸업했는데 됐는데 너는 고등학교를 졸업했는데 떨어졌다" 카면 우리 오빠는 그게 부담인기라. 졸업은 천구백육십오년 삼월에 하는데 전매청 시험은 천구 백육십사년 십이월에 치렀다. 시험을 치러 가니까 전부 고등학생인기라. 그때 고등학교 교복을 입고 시험치러 온 학생 수도 없었지. 시험 치러 가니까 담배 냄새가 확 나고 해서 싫었다. 오죽했으면 [전매청] 과장이 "야들아 너거 여가(여기가) 대학입학 시험장인 줄 아나" 이캤다. 여하튼 한 오십대 일쯤 되었어. 한 교실에 하나씩 되었어(합격했어). 대구 시내 학교를 빌려 가지고 시험을 쳤어요. 남자는 대구고등학교와 경북고등학 교, 우리는 경명여고에서 시험을 쳤다. 사람이 많이 왔으니까 몇 개의 학 교를 빌려 쳤다. 합격 발표는 고등학교 졸업이 삼월인데 이 전에 났거든. 여자는 오십 명 내지 육십 명, 남자는 약 백오십 명 뽑았어. 그때 기업들 중에서 최고로 많이 뽑았을 거라. 전매청에 입사해 보니까 [많은 사람들 이] 빽으로 들어왔어. 국장집, 차장집 식모였던 사람도 들어와 있고 그랬 다. 원서 내러 가니까 '시험예상문제집'이라고 있어 하나 사가 왔다. 뭔가 보니까 담배 길이가 얼마인지? 담배 종류가 무엇인지? 전부 모르는 기라. 연초 시험하고 국어하고 두 가지 쳤는데, 국어는 거의 백 점 가까이 받겠다고 [생각되었지만] 연초 시험은 이기 답인지 저기 답인지 하나도 모르겠어. [그래서] 시험치고 난 뒤 원서를 잡아 쩨가 내던져 버렸어. 시 험 발표가 났는데 보고 싶은 생각도 안 났어. 떨어지면 딴 데 시험 봐야지 하고 생각을 했어. 신문에 [합격자] 발표가 번호로만 쭈루룩 났는기라. 이름은 안 나오고 시험번호만 났는데 수험번호표를 내버렸기 때문에 [나 의] 수험번호를 몰랐어. 친구가 [나 보고] 대구 있으니까 가보라고 해서

'내 번호가 앞으로 뒤로 하나씩 바뀌어서 둘 중에 하나 내꺼' 라는 기억이 나서 세 개를 가지고 갔는데 그 중에 하나만 되었더라고. 그 번호가 내 번호가 맞지 싶은데 한참 있다가 그 번호의 이름을 물으니까 수위가 마~악 머라케(야단쳤어). 그래서 '내 친구 번호와 같이 갖고 왔는데 누군지 모르겠다' 카니까 '박정애는 되었고 둘이는 떨어졌다' 카데. [면접시험장에] 내 같은 사람이 몇 명의 남자도, 여자도 있었어요. [우리들을] 막 머라칸(야단을 친) 뒤, '너거들은 될지 안 될지 모르지만 그래도 구두시험은 치러 가거라' 캐. 그때 저가 시사 같은 걸 좀 잘했어요. 당시 주일대사가 김동주라 카는 거 안 잊어버린다. 장관은 머하고 유엔 같은 거 물어봤어요. [대답을 잘하니까] "공부는 잘했구만" 카데. 그런데 수험표를 "왜 내 버렸노" 카데. 원서를 잃어버렸다 했지요. [면접시험을 치러 가기 전] 오빠가 "야야, 니 원서를 째 버렸다 카면 건방져 보이니까 어디에 놓아 두었는지 아무리 찾아도 수험번호를 못 찾았다고 그래라" 고 했어요. 일차에 합격한 사람 중에 열 명 가까이 이차 면접시험에 떨어졌지 싶어. 이차에 합격한 뒤 암만 있어도 발령이 안 나요. [제조창에] 들어가 보니까 현장에 임시직으로 있었던 사람이 시험을 많이 쳤어. 그 사람들을 정식 직원으로 만들어 주기 위해서 일차적으로 일쩍 넣어 주었더라고. [그리고] 시험 친 사람들을 다 안 넣어 주고 중간에 사람들이 많이 들어왔어요. 뭐 빽 있는 사람, 나이 든 사람 등 많이 들어오더라고. [입사할 때] 연초제조창 창장이 누군가 하면 박○○ 창장이라. 그분이 다행스럽게 우리 일가라. 처음에 들어가 담배 매연 나오는데 있으라 해서 도저히 하기 싫어 가지고 안 댕길라고 했다. [할아버지에게] "할부지, 박○○ 창장 있으니까 날 좀 좋은 데 넣어 주이소. 일하기 싫어요." 카이. 할부

지가 "오냐, 그래 있어 봐라" 카데. [그래서 할아버지가] 박○○ 창장을
만났는데, 창장이 "식모하는 기(사람이) 여 와서 일하면 잘 하는데" 했
어요. [창장이] 남의 집 일을 하면서 고생한 사람이 들어와야 만족하고 나
은데 이건 전부 공부한 사람이 들어와 가지고 일 안 할려고 해 골치 아퍼
(아파) 죽겠다고 했어요. 이 사람들은 좋다는 빽은 다 이용할라고 해. 정
보부 빽이다 뭐다 다 대니까 [창장이] 많이 골치 아팠다. 당시 시험 쳤어
경북여고가 제일 많이 들어왔고 대학을 졸업하거나 중퇴한 사람도 있었
어요. 전매청에서 제일로 높은 전매청장도 우리와 같이 시험 쳤어요. 그
때만 해도 직장이 없어 취업난이 심했지. 사실은 [전매청에서] 일하는 데
는 고급 인력이 필요없었다. [칠십년대] 산업화가 되니까 그 사람들(고급
인력은)은 시험쳐가 밖으로 많이 나갔지. 여자들은 시집을 잘 간 사람도
많았지.

전매청의 초기 경험

제조창에 들어가니까 처음에 교육을 시켰어. 일하는 거는 안 가리키
고(가르쳐 주고) 담배 종류는 어떤 거고, 영어도 가리키고 그랬어. 교육
을 한 달 쯤 하고 나니 담배 만드는 데 가라 카데. 거기가 장치과고 기계
가 별로 없었어요. 삼층이 장치과, 이층이 궐련과, 일층이 원료 가공과
이랬어. 우리가 삼층 장치과에 가니까 주로 뭐를 하느냐면 담배를 갑에
넣고 포장하는 거라. 담배 만드는 것이[2] 세 분업, 일 갑락 이 갑락 삼 갑
락이 있어. 수작업으로 담배갑을 맨드는 재갑 카는 데가 있고, 목상 카는
데는 만든 제품을 손으로 포장해서 실고 나가는 부서다.[3] [삼층에] 이런
분할이 있는데 우리를 장치과에 넣어 주더라고. 내가 발령 받아 갔을 때
는 남자 다섯 명, 여자 서(세 명)이라. [여자들은] 둘이 경북여고 나왔고

132

나는 여상 나왔지. 이런 일을 하라고 하는데 처음에는 몬했는데 얼마 있으니까 할 수 있더라고. 그때만 해도 근무 시간외 수당을 토요일에 열일곱 시간을 했어. 하루 스물네 시간 중에 열일곱 근무 시간외 수당을 받았다 카이. 나는 [삼층에서 담배 포장] 일을 쪼끔 하다가 여상을 나왔고 해서 [일한 시간을] 표에 기록하는 일을 했다. 사람들이 기본으로 [개비 담배를] 팔십 갑4)에 넣는 것이 백 프로(퍼센트)로 하면 백 이십 프로로 하면 구십 여섯 갑이 되지요. 백 프로부터 백이십 프로까지 표에 기입해요. 백 프로까지는 누구나 다 할 수 있고 힘이 별로 안 드는 일이지요. [이렇게 일하면] 시간 여유가 쫌 있지만 백이십 프로까지 하려면 많은 노동을 해야 되요. 그러니까 (백이십 프로 일을 위해) 밥 먹을 때도 금방 먹고 와 가지고 종일 일하는 거라. 백 프로를 넘으면 생산장려금을 지불했어. 우리가 아침 여덟시에 출근해서 [종일 일하고] 끝나는 시간이 밤 열시라. 이후 열 시간이라는 시간이라는 여유5)가 있었지만 하루에 열네 시간 일하는 거지요. 그렇지만 [백 프로를 초과하려고] 일하는 양이 많이 때문에 열네 시간보다 더 일한 셈이지. 쉬는 시간 규칙은 다 지키는 거라. 열시부터 몇 분 또 오후 세시부터 몇 분 쉬는 시간은 다 주었어요. 그런데 생산장려금을 타려고 쉬는 시간을 누가 쉽니까? 안 쉬고 자기 일하지. 개인이 작업을 한 담배갑을 구십 개씩 들어가는 바구니에 가득 해서 가면 도장을 찍어 줍니다. [예를 들면] 세 바구니를 갖고 왔으니까 이백칠십 개 했다고 기록하지. 그래 가지고 백이십 프로 일을 하며는 이에 대한 장려금이 참 괜찮아서요. 우리가 시간외 수당을 받고 일을 많이 해 장려금을 타면 [월급이] 많았지요. 그때 우리 친구인 중학교 선생들 봉급이나 우리가 받은 돈이 많아서면 많았지 적지는 안 해서요. 일이야 우리가 많이 했지. [첫

달인] 천구백육십육년 삼월 봉급은 잊어버리지도 않는데 육천팔백원 받았어요. 이 돈으로 머를(무엇을) 했는고 하며는 우리 어무이(어머니) 치마 저고리, 아부지(아버지) 모시 옷 등 집안 식구 모두에게 옷 선물을 했다. 육천팔백원은 시간외 수당이 하나도 없는 정식 월급이라. 이 다음부터 시간외 수당이 붙어서 만원 넘게 탔지 싶어. 수당이 붙어니까 [우리 월급이] 학교 선생들보다 안 적어서요.

전매청 근로자들의 일과 돈

당시 돈을 아껴 쓰지. 지금의 대명동 구남여상 있는데 옛날 한국사회사업대학 [부근의 학숙집] 에서 태평로[전매청] 까지 걸어다녔어요. 지금은 그것을 상상이나 하겠어요. 그때 오빠가 대구에 와서 뭐를 했는고 카면 사진재료 같은 거 했어요. 그리고 여동생도 오고 해서 우리 집 식구 서이(세 명)가 대구에서 생활했다. 여동생은 고등학교 다니고 나는 직장에 다니고 오빠는 사업을 쫌 했어요. [생활한 곳은] 대명시장 부근이지. 집에서 전매청까지 걸어서 사십오 분 내지 한 시간 걸렸지 싶어. 그러니까 아침 시간에 바쁘고, 저녁 열시에 일 끝내고 걸어왔지. 그때만 해도 [전매청으로 출근하는 사람이] 많아서요. [전매청에 일하는 사람 수가] 최고로 많았을 때가 한 이천 명 되었거든. 그러니까 꼴작꼴작, 구석구석이 전매청 사람이라. 저녁에 이야기하면서 같이 걸어왔지. 그러고 보면 [사람들이] 너무너무 아끼면서(절약하면서) 살았지요. 당시 우리들은 젊은 아~들이지만 부모와 같은 사람들이 다녔거든요. 이분들은 해방 전부터 다닌 사람이었지. [이 사람들은] 자녀들을 대학 공부시키고 정말 훌륭하게 키우더라고요. 그러니까 돈을 너무 알뜰⁶⁾하게 쓰더라고요. 당시 나이는 적었지만 나는 참 알뜰해서요. [내가] 하도⁷⁾ 돈을 모으니까 우리 아부지

가 "그렇게 안 해도 된다" 캤어. 그때만 해도 우리 집은 사는 게 괜찮았
기 때문에 아부지가 내 돈에서 십원 하나 안 쓰도록 전액을 모았지요. 그
러니까 돈이 잘 불어(늘어) 났어요. [돈을 모을 수 있도록] 아부지가 방세
랑 쌀값이랑 다 주시드라고요. 우리 친정 아부지는 촌에 계시지만 돈을
남한테 빌려 주고 떼이는 거 싫어해서 은행을 이용해서요. [사실은] 나도
[남에게 돈을 빌려 주고] 쫌 떼이지요. 당시 전매청이 크나 놓으니까 은행
이 필요없어서요. 전매청 내에서는 은행 이자보다는 많게 밖에 이자보
다는[8] 싸게 돈을 빌려 주었어요. 월급을 모아 전매청 안에서 돈을 놓으면
(빌려 주면) 괜찮지요. 이런 식으로 사람들이 돈을 운영을 많이 하더라고
요. [돈 때문에] 한 번씩 크게 터져요. 사람이 여기서 저기서 쪼끔씩 빌리
고 [돌려 주지 않으면] 집 한 채 빚은 여사로(흔히 쉽게) 터진다(부도가 난
다). 큰 사건이 달마다 터졌다는 것은 거짓말이지만 일 년에 몇 번씩 터
졌어요.

일자리 이동

일한 양을 기록을 하다가 근로자들의 성적을 내는 일을 했어요. 일급
이급 생산장려급 카며 성적을 매기는 거라. 사람들은 자기가 일을 얼마
만큼 했는지 모르잖아요. 어떤 사람들은 하도 열심히 일해서 일급해 놓
고도 더 하는 거라. 일을 많게 하지만 [이것은] 필요없는 거라. 최고가 일
급을 주는데 일급보다 일 더하면 안 되잖아요. 내가 월말 되면 일한 양을
적어 개인에게 나눠 주는 기라. "니(너) 디 많이 일한 거 필요없으니까
자한테(적게 일한 사람) 쫌 얻어 주자. 니 끼 쪼매만 갖고 가면 사가 일급
이 된다" 카면. 어떤 때는 빌려 주고 "후에 내가 일 못하면 해도" 카지.
친한 아~들한테 신경을 많이 썼어요. "다른 사람 했는 거 쫌 돌라" 케

라고 시키면 친구는 "정애가 카는 데 너 일 남는데 쫌 빌려도" 하면 "주꾸마" 카는 거라. 이렇게 해주면 고맙다고 "점심 한 그릇 사주께" 케서요. 내가 이 일을 고르게(평등하게) 해주었기 때문에 인심은 잃지 않았어요. 사무실에서 사람들이 일한 표를 만들려고 들어가 있으면 계장, 부장들의 눈치를 많이 보잖아요. 삼층에 목상, 재갑, 포장 전체를 관할하는 사무실이 있는 거라. 이 사무실 밑에 우리가 있는 기라. 실지는 우리 있는 데가 좋아. 놀러 가든가 자리 비워도 계장 눈치 안 보고 좋았어. 이때가 나에게는 좋았지(좋은 시절이었지). 사무실에 있는 사람들이 "그렇게 하지 마라" 카는 기라. 일을 많이 하거나 적게 하거나 그대로 두라고 해. [부서를 이동하는데 연줄을 많이] 이용하지요. 자 빽(배경), 정보부 빽 하여튼 빽이 너무 많았어. 이기(이것이, 전매청) 국가기관이기 때문에 노는 사람은 한정없이(대단히) 편하고, 일하는 사람은 너무 힘들었어. 어떤 일이 있었는고 하면, 천구백칠십년도에 우리 할머니가 돌아가서 삼촌의 연금⁹⁾을 수령하려고 외출했어요. 당시만 해도 담배 유출이 많았어요. 고(그) 때만 해도 내가 인정을 받을 때인데 밖으로 나가니까 수위가 "니 어디 가노" 이래. 그래서 "삼촌 연금 해지하러 갑니더" 카니까. "나도 기름하고 있어 이거 쫌 들고 가자" 그래. 부산 가는 길이라고 말했어요. 그래서 나는 [경비가 건네 물건이] 무엇인지 모르고 들어다 주었어요, 다음 날 전매청에 가니까 시끄럽게 야단들이었지. 나는 편하게 있었는데 일이 심한 데로 발령을 내려 놓았어요. "와 그렇게 하노" 카니까 어제 들고 간 물건이 [불법으로 유출하는] 담배였어. 그때는 전매청이 국가 재산이기 때문에 경찰이거나 누구든 [불법으로 담배를 유출하는] 사람을 잡을 수가 있었어요. 담배가 불법으로 나갔다고 하면 대구서에 전화를 하면 조사를 하는 거라. 이거는 꼼짝없었어요. 그러니까 "니가 가져간 것이 담배였다" 이거라. 그리고 "니캉 [경비원과] 짜고 안 했나" 이거라. 그래서 나를 제일 험한데 발령을 내려 놓았어요. 우리 과장과 계장이 내가 알기 전에 사건을 마무리할려고 국장한테 이야기를 했는데 [...] [이 와중에] 매일신문사 최기자가 올라왔어요. [결혼 전이라 호칭을] 박양 하고 부르면서 "이 사건은 큰 사건이다"고 말했어요. "왜요?" 하니까 이기(이 사건이) 국가 재산을 손실시킨 것이기 때문에 "고대로(그대로) 이야기 하라"고 해서요. 그래서 조분조분하게 이야기를 다 하니까 [전매청] 원래 자리로 복귀시켜 줄 꺼니까" 해서요. [새롭게] 발령 난 자리에 가지는 안 했어요. 큰 [담배 유출] 사건은 높은 사람 지거가(자기들이) 했겠지요. 현장에서 몇 갑 가지고 나가면 경비원한테 정보가 다 가요. 이 사람(경비원)들이 정보를 모으면 누가 담배를 가지고 간다는 것을 다 알아요. 수위들도 짜고 묵기도(돈을 받기도) 했지요. 선거철만 되면 몸이 뺑뺑하도록 담배를 가지고 갔어요. 그때만 해도 담배를 야미(불법)로 장사한다는 이야기가 있었다.

제조창 노동 과정의 변화

천구백칠십사오년 되니까 기계가 들어오기 시작했어. 우리가 들어갈 때는 기계가 두세 대뿐이었고, 거의 모든 일을 수작업으로 했어. 이후 사람 수는 적어지고 기계에 종사하는 사람이 생기는 거라. 수작업은 차츰차츰 없어져 나중에는 다 없어졌지. 칠십사오년에 기계가 많이 들어왔어요. 기계로 일을 하니까 기계를 고치는 일은 남자가 주로 했지. 여자들도 기계를 배워 가지고 보기도 했어요. 이때부터 나도 기계 일을 했어. [제조창 일이] 기계화가 된 뒤부터는 쉬는 시간 같은 것이 정확하게 되는 거라. 열두시부터 한시까지 쉬고, 열시부터 십 분간 쉬고 또 세시에 쉬고 다섯시에 쉬고 그라는 기라. 또 기계를 잘 운전하는 사람은 장려금을 받았다. 기계에도 공정을 내놓았다(기록하였다). 내가 기계 공정할 때도 일의 양을 배분하는 데 도움을 주었다. 기계화가 되면서 전매청에 들어오는 사람도 적었지. 또 일 형태도 바뀌었지. 기계화가 되니까 기계를 아는 사람이 필요했고, 기계에 맞추어 일을 했지. 그 전에는 빽(혹은 연줄)으로 인해서 노는 자리가 많았지. 필요없는 자리도 만들어 주고, 한 명이 할 거도 둘이가 했지. [그런데] 자꾸 기계화가 되어 가니까 필요없는 인원을 확 줄이는 기라. 그리고 사무실에서도 나태하게 일하는 사람들을 현장으로 돌리지. 국가 공무원 시험을 본 사람들을 자꾸 투입하니까 필요없는 인원이 없어졌지. 이거는 체계화가 되었다는 증거지요.

육십년대와 칠십년대 초반 일하는 환경은 아주 열악했어요. 어떤 데는 담배 냄새가 굉장이 났지요. 그리고 주위에서 혐오시설하고 이야기하니까 차츰차츰 시설들을 개선해 가지고 나중에는 괜찮아졌지요. 입사 처음에 우리가 어디 가면 "담배 냄새 난다"고 사람들이 말했어요.

[일하는 사람들의 나이] 차이가 많이 났지요. 정년에 가까운 사람도 있고 이십대도 있고 그랬지. 학력이 우리 들어오기 전에는 너무 없었어요. 시험으로 채용되는 것은 육십칠년에 거의 끝났을 거라. 이후에 여러 선거가 있었는데 선거철만 되면 사람들의 많이 들어오는 거라. 전매청으로 봐서는 시험으로 사람을 뽑이는 게 별로 득이 안 된 거라. [대부분의 부서는] 일만 잘하면 그만이지 다른 거는 아무 필요가 없는 거라. 무작정 일만 하면 돼. 직장으로 봐서는 생산량 많이 내고 몸 건강하고 결석 안 하는 게 최고지. 육십오년에 공채시험을 친 뒤 십 년만인 칠십사년에 공채

시험을 쳤다. 이 사람들이 두번째 공채 시험으로 들어온 사람들이라. [이 사이에는] "누구누구의 빽으로 들어왔다" 카면서 막 들어왔어. 이때부터는 본격적으로 기계도 봐야 돼서 학력이 약간 필요로 하고 젊은 사람들이 많이 들어왔어요. 우리가 들어오고 난 뒤에 신탄진 제조창이 생겨거든. 결석하고 농띠 부리면 신탄진 제조창으로 보내는 기라. 대구 제조창은 기계화가 되어 인원이 많이 필요없었으니까 이 인원들을 어디로 보내야 되잖아요. [그래서] 결석했던 사람 또 뭐 했던 사람 등 성적을 내서 "일을 잘못했다. 외출을 했다. 담배 가지고 갔다" 카고 신탄진으로 보내는 거라. 결석 많이 하고 농땡이 부리다가는 새로 만든 제조창, 신탄진 원주 등으로 발령이 났지요.

제조창 내 탁아소 시설

젊은 아~들 많이 뽑고 했나 노니까 가임 여성이 많았는 기라. 지금도 "우리 집 아이는 누가 누가 동갑이다" 칸다. 사내 결혼도 많았다. 처음에는 사람들의 탁아소 시설에 애기를 잘 안 데리고 오고, 집에서 식모를 드려(들여) 돌보게 했다. 우리 아들 키울 때는 식모를 드렸지요. 칠십년 초만 해도 돈을 얼매 안 조도(주어도) 애기를 볼 수 있는 사람을 구할 수 있었지. 그때는 못 실아서 촌에 노는 아이를 월급을 얼마 안 주고 데리고 와 가지고 같이 출근하지 머~어. 보통 초등학교 졸업거나 중학교 이삼 학년 정도 나이의 이이들이지. 당시 열여덟 내지 스무 살만 되면 공장에 다 갔 뿌는 기라. 공장에 가기 직전의 아이들이 전매청에 애기를 보러 많이 왔어요. 집이 가까이 있는 사람들은 애기가 젖 먹을 때 되면 애기를 데리고 오는 거라. 탁아소에는 누가 누구의 애기를 돌보는 아이라는 것을 다 아는 기라. 탁아소에 애기들이 많을 때는 오육십 명씩 됐을 끼라. 교실 같은 큰방이 두 개 쯤 있었으니까. 간이침대를 만들어가 애기들은 거기에 눕히고, 쫌 큰애기들은 바닥에 눕히고 그랬어. 젊은 아이들을 데리고 전매청에 출근하다가 이 아이들이 공부한다고 자꾸 빠져 나가니까 동네 할매(할머니)들을 [활용했다]. 집에서 밥을 넉넉하게 하잖아요. 점심을 위해 지(자기) 묵을 밥, 할매 묵을 밥, 애기 먹을 것도 쪼매 해 온다. [그리고 애기 돌보는] 할매가 같이 밥 묵고 했다. 탁아소가 없어지는 과정을 보면, 직원들의 경제적 환경이 좋아지니까 애기들을 탁아소에 안 데리고 왔어. 밖에 애기를 맡기든지 부모들이 돌보아 주거나 한 것 같아. [탁아소 애기 수가 줄고] 제조창에서도 사람을 많이 안 뽑았어요. 탁아소가 없어진 결정적인 이유는 애기를 많이 안 놓기 때문이지. 이때가 팔십년대 초반 내지 중반될 끼라. 탁아소에 일하는 사람을 안 뽑은 이유가 놀며 돈 받는 사람이 없어졌기 때문이지. 칠십년대 애기를 가지면 산전 산후 휴가를 철저하게 주었어요. 보통 육십 일간의 휴가를 주었지. 우리 같은 사람은 거의 백 일 가까이 놀아요. 산전 산후 휴가에다 결근 쫌 해뿌고 병가 놀고 하면 [거의 백일 노는 택이지]. 아픈 거를 대비해서 병가를 육십 일을 주지요. 그래도 돈을 더 벌려고 하는 사람은 병가를 잘 안 사용하는데 우리 같은 사람은 병가를 이용 했어요. 휴직제도도 있었다. 우리 둘째 아이는 큰아이와 연연 생으로 놓아 다닐 수가 없어서 휴직을 했다. 휴직해서 놀아도 봉급은 나와 서니까.

입사 당시의 작업장 환경

마~이 열악했지요. 중간중간 개선해가 그랬지(좋아졌지). 그때는 진짜로 많이 열악했지. 냄새도 많이 나고 그랬어. 공기압축기 [등을 도입한 뒤] 많이 좋아졌지. 이 때문에 자연적으로 건강도 안 좋아진 사람도 쫌 있었을 꺼라요. [연초제조창이] 혐오시설이 돼 가지고 [주변 사람들도] 많이 불평했지. 팔십년도 후반, 구십년도 초반에 제조창을 월배 쪽으로 내보내려고 억시기 노력했거든요. [그러나] 공장에 다니는 사람들이 절대로 안 나갈려고 하는 기라. 대구시에서 땅을 조(제공해) 가지고 [이전] 할라고 했어요. 노동조합에서도 "영천으로 이전하면 좋은지? 월배로 이전하면 좋은지?"를 많이 조사했어요. 노동조합에 가입한 직원들이 반대했어요. 노동조합장 선거할 때 표를 안 잃기 위해 [직원 말을 들었지요].

잘살기 위한 노력

전매청에 다닌다 카면 그런 기 쫌 있지요. 우리 친구는 "담배 냄새가 나서 우째(어떻게) 다니노" 케요. 개인회사 다니는 친구들이 있는데 오래 못 다니잖아요. 그런데 우리는 계속 다닐 수 있고 봉급이 일정하니까 전매청에 다니는 기 [좋은 편이었지]. 토요일에는 열두시가 넘어 일한 시간은 모두 수당인 거라. 그러니까 토요일에 시간외 수당으로 받는 기 열다섯 시간 내지 열일곱 시간이라. 열두시 이후부터 밤낮으로 계속 일을 해 열다섯 시간 일하는 거라. [전매청 여직원이] 교통사고가 났는데 차주(운전수)가 얼마나(대단히) 놀라서 "아주머니 병원 갑시다" 카니까 아주머니가 머라(무엇이라) 카노 하면 "오늘 토요일이라 병원 못 간다"했어. 토요일에 일해서 시간수당을 많이 타야 하니까. 일요일은 특근 수당을 주었어. 그 당시는 못 살았지요. 한 달에 네 번 휴일 중에 주로 두 번만 놀았어요. 일요일은 종일 특근 수당 [돈을 받기 위해] 일하는 기라. 봉급이 똑같지는 안 해도 수당이 괜찮아서요. 월급 때가 되면 [주변에서 장사하는] 사람들이 와 가지고 "돈 내놓으라" 카고 그랬어요. 종업원이 받는 돈이 엄청났어요. 월급은 이십일에 받았고, 십일에서 십이일에 생산

장려금이 나왔어. 그리고 사람들이(전매청 종업원) 억 빌리는 것도 신용이 있으면 가능했다. [그렇지만] 신용이 없으면 몇 백만원도 못 빌렸어요. 연초제조창 내에 신협(신용협동조합)이 있었는데 운영이 참 잘되었어요. 여기에 많은 돈이 몰렸어요(저축했어요). 신협이 생기기 전에는 [개인들끼리] 돈놀이를 많이 했지. 밖에서 오부 받으면 안에서는 삼부 받고 돈놀이 많이 했어요. 신협 직원은 처음에 전매청 사람들이 하다가 나중에는 밖에 사람을 불렀어요. 신협이 생기고는 돈놀이는 줄어들었고, 보증을 세운 뒤 몇 천만원씩 빌려 주고 그랬지. 전매청에 다니는 사람들은 돈 버는 시간이 많으니까 쓸 시간이 없지. 사람들이 알뜰해서 다 괜찮게 살았다니까. 내가 본 친구들은 모두가 알뜰했어요. 시댁에도 잘하고, 돈도 절약한 덕으로 지금은(2007년) 모두가 괜찮게 살지요.[10] [부부가 일한 경우는] 하나(한 사람) 벌인 것은 다 모았을 꺼라.

전매청의 농림 생산직[11]

육십년대 공무원 시험

제대한 직후 직장도 없고 해서, 시청에 임시직으로 쫌 있은 후 공무원 시험을 쳐서 합격해서 사회생활을 시작했다. 공무원 시험을 친 해가 육십육년인지 육십칠년인지 확실히 모르겠다. 그때 공무원 시험 경쟁이 요즈음 같이 그렇게 심하지는 안 했어. 심하지는 않았지만 그때도 경쟁이 있었지. 당시 공무원 시험은 고등학교 졸업 이상이 볼 수 있었지. 그래도 거의 대학생이지. 선호하는 직업이었지만 경쟁이 심하지는 않았지. 학교를 농업학교를 나왔으니까 농촌지도직에 지원했지. 그때도 경쟁률이 사오대 일정도 되었다. 합격한 뒤 일 년 가까이 기다리고 임용이 되었어. 시험 치고 몇 개월 기다리다가 1968년 8월 1일부로 임명되었다 첫 발령지는 [경상북도] 달성군이었다. [전매청에 먼저 입사한 동료와] 결혼을 천구백칠십년에 했어. 첫 사회생활이라 덤벙덤벙하지요. 선배들이 하는 것 눈치만 보지. 혼자 일을 할 수도 없는 거고. 당시는 공무원 사회에 서열이 있으니까 선배를 따라 가야지요. 농촌지도직 일을 할 때는 평소에는 사무실에서 책을 보거나 대민(對民) 일을 보지. [당시 공무원 사회의 위계질서는] 아무래도 먼저 들어온 위에 사람이 많으니까. 그 사람들은 나이 많은 사람도 있고 또 학교 선배들도 있어 어떻게 일을 하는지 가르쳐 주지. 시키는 데로 일을 하거나[그렇지 않으면] 자기가 개발하는 거지. 자기가 [현장에 나가서] 지도할 방법을 연구하고 또 농민들과 어떻게 융화를 할 수 있는 방법을 연구했지. 공무원 사회라는 것이 위계질서가 있으면서도 또 서로가 대화도 되고 융화가 되어야 되거든. 그러니까 고런 점을 서로가 연구하지.

선배의 지식 전수

선배들이 지도는 해주지요. 물으면 아는 데까지 가르쳐 주고 토론도 하지. 그때는 농촌지도직에 관한 책자가 엄청 나왔어요. 그것을 참고삼아 공부하고 또는 농민에게 갖다 주기도 하고 자기가 보고 실제로 농촌에 가서 [적용해 보기도 하지]. 사실 그때 학교를 나온 실력 가지고 농촌에 가서 부닥치는 문제를 해결하는 것이 상당히 어렵거든. 현지 가서 일을 할라카면 자기 나름대로 공부도 해야 되고 책도 봐야 되고 […] 그래서 현지에 나가서 [많이 배우지요]. 육십년대 중반 식량증산을 위해 한참 떠들었지. 당시 식량증산사업은 대단한 거지. 그때 농촌지도소가 식량증산을 모토(motto)[12]로 해서 일했지. 지금은 품질 위주로 [지도를 하지만] 그때는 그게 아니고 우선 먹는 기(것이) 해결되어야 하니까 양을 늘리는 것이 중요하지.

농촌지도직

당시 일반직[공무원]보다 지도직이 자기 나름대로 사명을 가지고 일을 할 수는 있었지만 아무래도 현장에 나가는 그런 직이 되어 가지고 지도직카면 별로 [인기가 없었다]. 농촌지도직에 일하는 사람은 거의 지역민이지. 자기 연고지(緣故地) 위주로 발령을 내 주지. [장점과 단점은] 지역적으로 발령을 하며는 개인으로 봐서는 집에서 다닐 수 있는 여건이 되어 아무래도 좋지요. 선후배 관계 때문에 불편한 점도 있지만 서로 도움도 줄 수 있고 농촌에 나가서 지도할 때 자기 지역이라도 자기가 태어난 고향은 아니거든. 전부다 인근 시군에 가니까 전혀 모르니까 지도하기가 용이하고 좋지. 여기 사람들이 충청도에 가면 우선 말도 안 맞지요. 고(그)런 점을 봐서 연고지 배치가 장점이 있지. [지도직에는] 이 년 있었지. 그때는 구급 공무원이었지. 구급에서 팔급 되어 가지고 이쪽(전매청으로)으로 나왔지. 요새 공무원 같이 아홉시 출근하고 다섯시에 퇴근하지. [근무 시간은] 잘 지켜졌지. [근무 시간외 일은] 출장가서 농민을 상대하다 보면 제때에 못 들어오면 전화로 쯤 늦다고 연락을 해주고 늦게 들어올 수도 있고. [근무 외 수당은] 그때는 없었지. 공무원 카면 무한봉사(無限奉仕)한다는 카는[생각이] 딱 박혀 있었지. 요새야 쪼끔 근무 더 하면 근무 외 수당을 내놓으라고 요구를 하지만 그때는 그런 거 없었지. 공무원의 봉급도 열악했지. 월급이 한 칠팔천원 되었나. 많은 돈이 아니고, 생활이 풍족하지는 못했다. 농민을 상대해서 [부정한 돈 혹은 물품이 들어오는 것은] 없었지. 막걸리 한 잔 같이 하는 정도지. 그때 농촌에 나가면 동장, 이장을 상대하지. 지도 나가는 동네마다 자기 담당구역이 있고, 지도 나가서 이장을 만나 막걸리 한 잔 하는 것이 전부 다였어. [막걸리 한 잔 나누는 것은] 농촌의 순수한 인정이다. [사무실에서 일할 경우] 짜장면 등을 배달해서 먹지. 그때 짜장면 한 그릇에 백오십원 했나. 출장가면 현지에 가가 싸 먹고 했다.

전매청으로 이직

지방직은 안 되고 국가공무원이니까 [이동한 것이 가능했다.] 우리가 (내가) 있었던 부서가 농촌지도직인데 전매청에 농업직이 있었어요. 같은 계열이기 때문에 전직할 수 있었지. 원해서 전매청으로 갔지. 그때는 전매청을 선호를 하니까 갔지. 사회적으로 전매청이 상당히 괜찮은 직장이었지. [농촌지도직이나 전매청 농업직이나] 월급은 똑같고. 사실은 전매청 농업직에서 일하는 내용을 확실히 몰랐어. 주위에 누가 가겠느냐고 권해가 갔어. 처음에 대구 연초제조창에 들어갔어요. 일 년 가까이 제조창의 생산 가공 분야에서 일하다가 우리 본연의 임무인 [농업] 생산 분야로 나왔지. 제조창에서 우리가 한 일은 생산 관리를 하는 거지. 그때 우리를 일반직이라고 말했고, 현장에 있는 사람은 기능직이라 했지. 칠십 년에 대구 제조창에 들어가니까 근무 인원이 총 천칠백 명이었다. 여자가 많았지. 확실한 거는 모르겠지만 삼대칠 정도 될 끼라. 남자들은 운반이라든지 기계 돌리는 일을 했고, 여자들은 담배 넣는 수작업을 했지. [기능직 일은] 힘든 일도 있고 그렇지 않은 일도 있었다. 그때는 [개비 담배를] 담배갑에 넣는 것을 수작업으로 했거든. 요새는 전부 기계로 하지. 지금은 같이 김천 담배 원료공장에서 가공해서 담배 원료가 들어오는 것이 아니고, 그때는 담배잎이 그대로 [대구 연초제조창에] 들어오는 기라. 담배잎 가운데 심이 중골이고 옆으로 뻗은 심이 지골이다. 중골을 훑는 (뽑아 내는) 것도 수작업으로 했다. [대구 연초제초창에] 담배 잎이 그대로 들어왔어요. [그리고] 어떻게 하느냐면 중골을 빼는 거야. 중골을 빼지 않고는 담배잎을 썰 수가 없어. 중골을 손으로 훑터 내어 모아 가지고 기계에 넣어 앞전(편편하게 하는 것)시킨다. 이것의 일부는 사용해요.

중골을 훑터 내는 것을 재골 작업이라 한다. 지골은 가늘기 때문에 그대로 두지. 재골 작업은 여자들이 한다. 당시[대구 연초제초창 일층에] 이 작업을 하는 사람이 약 육백 명이 있었다. 이층에서는 궐련 작업(담배를 마는 일)을 했고 삼층에서는 포장 작업을 했다. 제초장에 들어가서는 처음에 일층에서 일했다. 남자들은 잎담배를 운반해 주고 여자들은 중골을 훑른 일을 했지. 십 키로 단위로 해 가지고 하루에 할당제로 일했다. 한 사람이 하루에 몇 키로 해야 된다는 것이 정해져 있었어. 할당량보다 오버(초과)하면 돈을 더 주었지. 작업량을 다 하지 못하면 옆 사람이 도와주지. 마이 했는 사람이 적게 한 사람에게 쫌 주고 그랬지. 당시 체계가 잡혀서 열시부터 삼십 분인가 휴식 시간을 죠여(주었어). 그리고 열두시부터 한시까지는 점심시간이다. 오후에 세시부터 얼마간 휴식 시간을 주고 퇴근은 다섯시에 한다. 같은 작업을 계속해서 숙련된 사람은 [재골 작업을] 마이 하지. 지금은 [이러한 작업은] 완전히 없어졌다. 현재는 김천 공장에서 재골 작업을 기계로 하고 있다. 농가가 생산한 잎담배를 수매해서 [김천] 원료공장으로 들어와 재골 작업을 해 가지고 제조창에 들어온다. [천구백칠십년] 원료공장은 영천, 안동 일 이공장, 김천, 대구, 예천, 청주, 충주, 영월 등 각지에 있었다. 농가에서 잎담배가 원료공장으로 들어올 때는 삼십 키로 미만으로 포장되어 있거든. [이것을] 전부 해체해 가지고 등급별로 나눈 뒤 습정(증기열)해서 딱딱하게 마른 잎담배를 녹여 가지고 팔십 내지 백오십 혹은 이백 키로그램 통[13]에 넣어 가지고 연초제조창에 보낸다. [천구백칠십년 원료공장을 거친 잎담배가] 제조창에 와서 제골 작업이 이루어졌지. 우리가 나올 때는 재골 작업을 재초창에서 하지 않고 원료공장에서 작업을 해 가지고 중골을 훑튼 것을 가지고 와서 제조창에서 절각(잘게 짜르기)한다. 당시 일층 작업장의 분위기가 딱딱했다. 자기(근로자)들이 목표 달성을 하기 위해서 열심히 일하지. 목표량을 달성하지 못하는 사람은 점심시간에도 밥을 빨리 먹고 와서 작업량을 채우려고 노력했지. 목표량 때문에 스스로 열심히 일하는 분위기지. [목표량 달성은] 분야별로 책임자가 기록해서 사무실에 갖다주는 거지. 숙련되면 작업하는 속도가 빨라지지요.

결혼

칠십년 말에 했다. 중매 반 연애 반으로 결혼했지. 제조창 안에서 집사람을 만났다. 그때는 남자 직원들이 사무실에서 [근무했다]. 전체 천칠백명 가운데 일반직에도 여자들이 있었지. 이 중에서도 사무실에서 일할수 있는 사람을 뽑아서 일시켰지. 남자들도 기능직에서 유능한 사람을 뽑아 가지고 사무실에서 일했고, 사무실에서 근무한 사람들은 사내 결혼한 사람이 많은 편이다. [사내 결혼은 하면 좋은 점이] 같이 출근하고 해서 좋지. 둘이 같이 돈을 버는 것도 좋지. 협조해서 경제적인 도움이 된다. 밥쟁이(아내)는 창령 조씨이고, 제조창에 먼저 와 있었지. 우리 밥쟁이도 [박경애 선생과] 똑같이 공채 일회로 제조창에 들어왔다. 형님이 서울 가 있었기 때문에 내가 모시고 신천동에서 살았고, [이후에] 삼덕동으로 여러 군데로 이사했다. 결혼하고 한 육개월쯤 됐나 생산 분야로 나왔지. [처음에] 거창 쪽을 담당했다. [부인은 전매청 안에서] 계속 일했지. 권고 퇴직하는 일은 없었고, IMF[14] 이후 구조조정하면서 그런 이야기가 있었어. "부부 가운데 한 사람은 나가라" 하는 말이 있었어. 칠십년대 내지 팔십년대는 전매청 직원을 계속 채용하는 시기라 사퇴를 권하는 말은 없었다. 칠십년에 제조창에 통근 버스가 있었어. 관광 버스를 하루에

148

열두 대 내지 열세 대를 임대해서 [제조창에서 일하는 사람들을] 통근을 시켜 줘서요. 퇴근은 시켜주지 않았다. 이전에는 걸어 다니거나 시내 버스 타고 다녔다. [점심은] 제조창 안 식당에서 해결했지. [부인과 같이] 출근하여 나는 일층에 일했고 [아내는] 삼층에서 일했다. [퇴근 후] 집안일한다고 고생 많이 했지. 쪼끔 도와주고 했지만 집안일은 별로 안 했다. 퇴근이 늦기 때문에 [집안일을 할] 시간이 거의 없지. [첫 아이는] 천구백칠십이년에 태어났다.

잎담배 수매 분야

제조창에는 원래 농업직 자리가 하나뿐이었어요. 그때는 직종을 별로 안 따지고 이동을 시키지. 내가 가야 될 길로 가야겠다고 생각하고 생산분야로 나왔지. [생산 분야에 처음 나왔을 때는] 상당히 힘들었지. 그쪽은 상당히 어려운 분야다. 처음에는 선배들 따라 다니면서 배우지. 고참들이 많이 있었어. 전매지청이 지방에 있었다. 여기에 나가면 일 년에 반정도는 출장이라. 처음에는 [농가가] 담배 씨 뿌리는 일을 돕기 위해 묘상지도를 나가고 다음에 밭에 간다. 밭에 심은 담배 포기 수를 조사하러 거의 한 달 동안 댕겼다. 농민들이 몇 포기 심었다는 것을 신고받고 확인하러 나가는 거지. [개별 농가의] 밭마다 조사를 하지. [이 조사는] 전국적으로 다 했지. 생산 계획을 세우기 위한 기본이 되니까 조사를 하지. 지역적으로 담배생산조합이 있고, 여기서 확인해 오는 것을 우리가 재확인을 하러 가는 거지. [첫 출장으로] 경상남도 기청에 갔다. 담배 농가와 밭이 생소하지요. 일반적으로 잎담배를 보기는 봤지만 현장에 가서 일하는 것이 모두 생소하지. 잎담배라는 것을 처음 봤지. [이것을] 어떻게 가꾸고 잎을 따는지 등을 배우지. 그때는 생산조합의 직원하고 담배 농가에 같이 가니까 포기 수를 파악할 수 있었지요. 나는 대구서 혼자 갔고, [생산조합에 일하는] 직원들이 한 이십 명 있었지. 처음에 가면 쪼끔 배타적인 것이 있지요. 그래도 이해 관계가 없기 때문에 금방 서로가 융화가 될 수 있지. 가을이 되면 [개별 농가가 담배를] 수확한 것을 수매(收買, 거두어 사들임) 하러 나간다. 과거 수매는 주산을 이용하여 손으로 계산하기 때문에 십이월 초순까지 하고, 다시 일월부터 이월~삼월까지 수매가 될 때도 있어. 지금은 담배 수매가 십일월말 되면 끝난다. [담배 농가의 농사 일정은] 전국적으로 거의 비슷한데 이월 내지 삼월에 묘상 설치를 한다. 사월에 담배 모종을 밭으로 이식하고 유월에서 팔월까지 담배잎을 수확한다. 그리고 팔월부터 시월까지 잎을 본격적으로 건조하여 시월에서 십일월까지 수매한다.[15] 일 년 중 대부분 담배 농가에 나가는 편이지. [신혼 초 집에 있었던 것보다] 밖에 나가서 있었던 시간이 훨씬 많았지. 당시 경남(경상남도)과 거리가 멀어 대구에서 통근이 안 돼서요. [그래서] 월요일에 들어가고 토요일에 올라오지. 방을 얻어 놓고 숙식을 하면서 생산조합에 출퇴근했지. 수매 때는 집에 거의 못 온다. 출장 나가면 현지 여인숙 같은 거 이용했지. [당시 여인숙은] 더럽지. 요새 가격으로 하면 이삼천원 정도 쌌나. 밥은 동네에 음식점이 있으니까 거기서 사 먹고 낮에는 [담배 모종을] 이식하는데 가서 참(아침과 점심 사이에 먹는 간식) 가지고 나오면 같이 먹고 그랬지. 담배 농사짓는 사람은 농촌에서 다른 농사하는 것보다는 쪼끔 낫지요. [담배 농사는] 허가를 받아서 짓지. 그러니까 생산조합에 농가는 "내가 담배를 심겠다" 고 신청을 한다. 그리고 생산조합이 신청자를 취합한 뒤 전매청으로부터 허가를 받는다. 처음에는 담배 생산 면적이 한정되어 있으니까 서로 하려고 어느 정도 경쟁이 있었지요. 나중에는 서로 하지 않으려고 했어요. [16] [육칠년대] 당시는 국가에서 권장하기보다 농가에서 수입이 좋았으니까 생산을 증산하려고 노력했다. 그때는 일등 잎담배 한 포대 갖고 오면 송아지 한 마리 값이었다. 요새는 송아지 비싸지만 그때는 얼마 안 했다. [국내에서 생산되는] 잎담배와 혼합시키기 위해 외국에서 잎담배를 수입했지. 미국의 노스 캐롤라이나(North Carolina)에서 황색종을 수입하고, 그리스, 터키에서 향료 담배원료를 수입했지.

담배농사

담배 모종을 밭에 이식할 시기는 농민들이 집중적으로 일하기 때문에 일손이 달리(모자라)거든. 이때는 이웃심하고 품앗이(노동력을 교환하여 서로 돕는 행위)를 하는 거지. "오늘은 우리 집 일하고 내일은 너거 집 일하자" 고 [약속해서] 이식 작업을 전부 하지. 이식 기간이 짧거든. 사월 오일부터 십일 내지 십오일 사이에 다 심어야 한다. 아무나 이식을 할 수 있어. 요새 같으면 필림(비닐)을 덮은 뒤 구멍을 내어 심으면 되지. 모종을 심는 사람, 물 주는 사람, 모종을 나르는 사람들이 협력해서 일하지. 모종을 나르는데 애들도 도움이 되지. 당시 농촌의 인심은 좋았다. [농사 짓는 현장에 가서] 막걸리 한 잔 줄라고 하기도 하고, 농가에서 삶은 옥수수나 고구마를 주기도 하지.

잎담배 수확

[담배 한 포기에서] 잎을 많이 따면 십사 매 내지 십육 매 정도를 밑에서 따 올라간다. 처음에 딴 잎은 하엽(下葉) 다음으로 중엽(中葉), 본엽(本葉), 제일 위의 잎은 상엽(上葉)으로 구분되거든. 가공할 때도 하엽은

하엽끼리, 중엽은 중엽끼리 같이 모아서 한다. 당시는 담배잎을 새끼에 엮어 가지고 불을 피우서 건조시켰지만 요즈음은 벌크 기계로 한다.[17] 담배 잎을 새끼로 밤새도록 엮은 뒤[건조실 천정에] 매달아 놓고 불을 피워서 오일 내지 육일 동안 건조시킨다. [잎의 부위에 따라] 질이 다 틀리지. 질은 중엽이 제일 좋고, 상엽은 독한 편이고 하엽은 단백하고 순한 편이다. 위로 올라 갈수록 독하지. 잎 부위별로 분리해서 제조창에 들어 와서 담배를 만들 때는 막 섞지. 경북, 경남, 강원도는 황색종을, 전라남북도는 버리종을 심었다.[18]

수매 과정의 변화

마~이 달라졌지요. 제일 큰 거(변화)는 인원이 줄었지. 과거는 십사오 명 하던 것이 컴퓨터가 들어오면서 인원이 사오 명으로 줄었지. 옛날에는 주판을 가지고 다니면서 주산 놓아서 수매 작업을 다 했지. 이후 계산기로 하다가 이것도 없어졌다. [그리고] 컴퓨터가 나와 분류도 하고 돈도 계산하니까 그때부터 수매 인원이 줄었지. 우리는 초등학교 때 주판을 배워 알지. 조사하러 가면 밭 넓이를 이용하여 전체 포기 수를 계산해야 되니까 주산을 사용했지. 지역 본부에 사람이 모자라면 제조창에서 인원 지원을 받지. 수매 장소는 엽연초 생산협동조합에서 하는 데는 몇 군데 없고, 지역에서 중심이 되는 마을이나 하천에서 하든지 학교를 빌리(빌려) 가지고 수매장을 설치하지. 수매를 한 뒤 바로 원료공장으로 운송시키지. 수매를 도와주는 인부가 또 있어요. 대략 십오 명 인부가 수매장에 매일 나오지. 우리가 임금을 주고 현지 주민을 인부로 채용해야지. 일당이 보통 이삼만원 되었고, 다른 데 일하는 것보다 많이 준 편이지. [수매대금으로] 칠십년도는 몇 백만원 정도 찾아갔지. 당시 농촌에서는 생각지도 못하는 큰돈이지. 팔십년대 후반쯤 되면 많이 가져 간 사람은 천만원, 더 많이 찾아 가는 사람은 한 삼사천만원 가져간 사람도 있지. 처음 우리가 수매할 때는 현금을 주었는데 칠십년 후반부터는 농협 통장으로 지불했다. [현금으로 지불했을 때 어떤 사람들은] 일 년 수입을 노름해가 다 잃어 뿐 사람도 있었어. 돈을 싣고 갈 때 위험한 일도 있지. 요새는 [수매 대금을] 온라인으로 다 넣어 주지.

수매장 주변의 풍경

전부 다 막걸리 판이지 머~어. 임시막사 지어가 막걸리 팔고, 식당, 색시집도 많았지. 수매장을 옮겨 가면 따라오고 했지. 수매를 하러 와서 하루 삼을 자는 사람도 많지요. 어떤 수매장은 동네에서 십 리 내지 이십 리 떨어져 있어니까 전날 와 가지고 자고 이튿날 수매하고 돌아가지. 칠십년대 수매장에서 하로(하루)에 한 칠백 내지 팔백 포정도 처리했지. 많이 하는 사람은 한 백 포 이상 했다. 지금은 많이 하는 사람은 한 사백 포하는 사람도 있을 꺼요. 그때는 농민들이 순박하지만 일 년 농자금, 인건비 같은 거를 외상하는 거라. 그래서 수매를 해 가지고 돈 찾아서 빚을 갚는 거야. 그러니까 일 년 따져 보면 그 사람들이 거의 자기 노임 찾아 먹는 서로 보면 될 꺼야.

수매 지역

대구지역 본부의 수매 지역은 경북 남부로 청도, 영천, 영일, 의성, 군위, 선산, 고령이 [포함되었다]. 경북 북부지방은 안동 본부가 [담배 수매를] 다 했다. [칠십년대 대구를 중심으로] 담배 농가가 많았지. 팔십년내 지원하러 북부 쪽에도 갔고 이후에 충청도, 강원도에도 갔다. 팔십년도 이후 우리는 잎담배 수매 감정 일을 했거든. 등급 분류하는 업무니까 지역적으로 너무 편중해서 한 군데만 근무하면 타성에 빠지고 아는 사람끼리 부작용이 있을까 봐 여러 지역으로 근무지를 변경시켰다). 아무래도 한 지역에 오래 있으면 아는 사람들끼리 "내 꺼 쫌 봐도" 하는 부탁을 받지만 타 지역으로 교류를 시키면[수매를 봐 주는 것이 없어 지지]. 팔십 년대 이전에는 닥치는 대로 일을 했지. [대구 주변 지역은] 팔십오년 혹은 육년에 잎담배 생산이 제일 많았고, 이후에 점차 줄었지. 원인은 농가에 일손이 부족하니까 생산이 자꾸 줄어들었지. 지금도 대구 주변에서 잎담배를 재배할 수 있지.

수매지역의 지역성

충청도 같은 데는 지역적으로 담배 전업산지로 보면 된다. 이쪽 지방으로 가며는 농민들이 관심을 더 많이 가진다. 감정을 하러 어떤 사람이 왔는지 등을 살피는 게 쫌 있지. 담배 분류하는 거는 전국적으로 비슷하니까[봐 주는 것은 크게 없다]. 그래도 감정을 하러 누가 왔는지를 살피지. 한마디로 말하면 "누가 이익을 많이 주겠는지"에 관심을 많이 가지지. 일부에서 사고 나는 수도 있지. '내거 쫌 봐줄라'고 해서 불미스러운 일도 해마다 일어났지. 팔십년대는 주판 대신 계산기를 사용했고, 말부터는 삼성하고 협력하여 컴퓨터를 수매하는 데 이용했다.[방대한 자료는] 엽연초생산협동조합에 다 있지. 보통 정부 공문서가 삼 년 만에 폐기하는 것도 있고 어떤 거는 영구 보관하는 거도 있는데 그 분류에 따라 가지고[자료를 보관한다]. 아마도 수매 자금 같은 거는 한 십 년 가까이 보관할 꺼라. 머리가 쫌 있는(생각을 하는) 농가 사람은 관리를 하지. [그런데] 옛날 나이 많은 농민들은 계산을 못하는 사람이 많았어요. 그런 사람들은 "직원이 [돈을 주고] 맞다" 카면 끝내고 안 그런 사람은 매년 자료를 적어 가지고 관리하는 사람도 있어. "작년에 몇 키로를 했는데 올해는 몇 키로 했다. 작년에는 등급별로 얼마 수입을 받는데 올해는 얼마 수입을 보았다"는 것을 적어 관리하는 사람도 있어요. 개별 농가에 따라[비슷한 조건의 토지에도] 생산량 차이가 많이 나지요. 농가가 전문가의 지도 방침을 그대로 수용해서 따라하는 경우는 아무래도 좋고(많이 생산하고), 자기 멋대로 농사짓는 사람은 떨어지지. 잎담배를 종류별로 농가가 분류해야지. 중엽의 상품을 하엽의 하품으로 분류하면 손해를 보지. 수확해 와 가지고 첫번째, 두번째 딴 것(담배잎)을 따로 분류를 하면 되는데 이것을 모르는 사람들은 뒤죽박죽 썩어 가지고 수매하러 오는 거라. [이와 같이] 분류 작업을 잘못하며는 자기에게 불이익이 가는 거지. 생산할 때도 "퇴비와 비료를 얼매(얼마) 주라" 카는 데 그대로 안 따라 하고 자기 멋대로 짓는 거라. 농민들의 의식에는 내가 너(전매청 지도원)거 보다는 훨씬 농사를 오래 짓고 잘했는데 너거가 자꾸 지도해도 "내가 따라하지 않는다"는 고집 있는 사람이 있어요. [그렇지만] 신세대(젊은 사람들은)는 머리가 빨리 돌아가서 지도하는 대로 따라오며는 덕을 보지. 농민을 도와주기 위해 지도하러 가는 데 따라하는 사람들은 생산량에 차이를 보이지.

잎담배 건조 방법의 변화

전통적 건조 방식에서 벌그식 건조 방식으로 변화하면서 시간 난숙도 하고, 잎담배 질도 높일 수 있었지. [담배잎을 건조할 때] 컴퓨터가 이용해도 온도를 잘못 조작하면[질을 떨어 뜨린다]. 담배잎은 말리는 기(것이) 아니고 잎의 성질을 변화시키는 것이기 때문에 온도가 중요하지. 건조는 온도와 시간을 변화시켜서 새파란 잎을 노랗게 만드는 거지. [그런데 담배잎을] 바리(직접) 건조시키면 수분만 빠지고 잎은 새파랗게 남아 있지. 담배잎에 따라 온도와 습도를 조절해야 하는 기 있어. 프로그램에 의해 그렇게 해야 되는데 이게 아니고 건조만 시키면 잎이 새파랗게 나오고 품질이 최하로 된다. 담배로 가치가 없어진다. [벌크 건조기는 온도와 습도를] 잘 조절하게 되어 있지. [이 기계가 도입되고] 농가가 실패를 많이 했지. 기사들이 가서 해도 잘 안 되고, 또 공급회사 직원이 현지에 수시로 와서 고쳐 주고 하지만 농민들이 전자 [시스템을] 잘 모르잖아요. 잘못 [조작을] 하는 수가 많았어요. 한 건조실에 넣은 것(담배잎을) 몽땅 버리는 수도 있고, 안 그라면 온도를 올려서 잎을 볶아 빨갛게 만드는 수도 있었다. 이런 거는 나중에 많이 고쳐졌지. 이제는 거의 정착이 되었지 (농민들이 벌크기를 문제없이 사용하지). 고추도 같은 원리로 건조하지. 처음에 고추를 따 와서 천으로 덮어 가지고 그늘에 이삼 일 놓아 두어 충분히 숙성을 시켜 가지고, 다음에 햇빛에 놓아 두면 빨갛게 마르지. 처음부터 햇빛에 놓아 두면 수분만 날아 가지. [벌크기가 농가에 미치는 영향은] 대단히 많았지.

담배 묘종의 멀칭(mulching)[19] 이식

따지고 보면 멀칭이 우리나라 농업에 혁명을 일으켰다고 볼 수 있다. 우리 전매청 생산 분야에서 필림(비닐)을 덮어 가지고 모종을 키웠지. 지금은 거의 모든 농작물에 멀칭 방법을 이용하지. [이 방법은] 담배농사에서 처음으로 시작해서 고추에도 가고(적용하고) 해서 농사짓는 사람들이 전부 따라왔지. 칠십년대 후반인가 시작했을 꺼라. 우리 전매청에 연구소 시험장이 있거든. 그때 연초시험장이 네 군데 있었나. 대구, 음성,

수원, 전주 시험장이 있었는데 거기서 [멀칭 농사법을] 미리 시험을 해 한 뒤 농가에 보급했다. 이 방법은 이부경 과장(서울대학교 농대 졸업, 농학박사)이 잎담배 재배 방식으로 강하게 추진하여 혁명을 일으킨 택이지. 처음에 왜 실패를 했는고 하며는 두둑[20] 속에 수분이 어는(어느) 정도 있어야 하는데 전혀 마른 토양에 멀칭을 하면 토양에 수분이 없기 때문에 [담배가] 안 되는 기라(성장하지를 못한다). [높여진 부분의 토양에 수분과 온도를 유지하는] 것도 그렇고 제초도 되지(잡풀이 자라는 것을 방지한다). 멀칭을 하면 제초작업이 필요없지. 이것을 함으로써 안에 열이 있으니까 담배의 뿌리 발달에 도움을 주지. [뿌리가 발달하면] 줄기를 튼튼하게 하는 효과도 있고, 기온이 높으니까 줄기도 빨리 자라게 하지. [자연상태로 생산한 담배 잎보다] 멀칭으로 재배한 담배 잎의 질이 훨씬 좋지. 지금은 고추도 멀칭 재배 아니면 안 하거든. 감자고 머~어고 필림 안 덮으면 농사가 안 되는 거로 농촌 사람들이 생각하고 있어.

벌크 건조기와 멀칭 재배의 농가 보급

필름이 먼저 들어왔지 싶다. 벌크 건조기 설치와 필름도 처음에는 정부에서 지원을 해주었거든. 당시는 융자(나중 돈을 갚아야 함)도 해주고 보조금(그냥 돈 주는 것)을 주어 장려했나. 일 정보(삼천 평) 이상이라는지 어느 정도 규모가 되어야 [벌크 건조기를 설치할 수 있지]. 적은 땅, 한 삼사백 평에 담배를 지어 놓고는 할 수 없지. 처음에는 이웃 간에 협력해서 공동으로 벌크기를 구입했다. 지금은 개인이 벌크기를 운영하는 경우도 있지만, 초기에는 한 동네(마을) 공동으로 [담배잎을] 말리는 작업을 할 수 있도록 전매청에서 지원을 해서 만들어 주기도 했다. 예천 같은데 가면 지금도 있어요. [담배 농가수는 감소하였지만] 개인 농가의 면적은 커졌지(증가하였다).

컴퓨터의 이용

수매 인원은 사분의 삼 정도로 줄(감소)었을 꺼라. 과거에는 수매가 끝
난 뒤 어떤 날은 밤을 새워 작업을 해요. 주산이 안 맞아 가지고 확인을
하는데 [많은 시간이 들었지]. 지금은(컴퓨터가 도입되고) 수매가 끝나
면 바로 총합계가 나와요. 인원이 많이 필요없으니까 딴 부서에서 수매
하는 데 차출할 필요가 없어 자기 본연의 일(맡은 직무)을 할 수 있었지.
[옛날 수매 방식에서 새로운 컴퓨터 방식에] 적응이 힘들었지. 사실은 [많
이] 힘들었다. 아침에 나와 잘못 조작하면 엉뚱한 기(틀린 수치) 나오지
요. 그러니까 다루기가 상당히 어려웠지요. 뒤에 젊은 사람도 들어오고
또 수매 현장에 나가기 전에 이주 정도 교육을 시키지. 처음 [내가 전매
청] 농업직에 갔을 때는 인원이 한 육백 명되었거든. 지금은 인원이 백여
명 밖에 안 돼요. 그만큼 사람이 줄고 컴퓨터가 대신 일을 한 택이지.

수매 현장에서 인간관계의 변화

컴퓨터가 들어온 뒤 인원이 줄고 해서 불편한 점도 있지. 컴퓨터를 잘
다루는 사람이 있고 못 다루는 사람이 있고, 그라고(그리고) 두 명이 한
조가 되가(되어) 일하다 보면 서로가 보완이 되어야 되는데 그런 기(그런
것이) 잘 안 되어 문제가 쫌 있었지. 컴퓨터가 들어와도 담배 농가와 접
촉하는 거는 그대로 있고 사무 보는 것이 간단하게 되었지. 지금은 [개별
농가에 관한] 조사는 거의 안 하고 신고하는 데로 인정을 해주지. 과거에
는 농가와 일대일 개인지도였지만 지금은 어느 동네에 [농민을] 모아 가
지고 집단으로 지도하는 식으로 간소화되었을 꺼라.

외국 방문

미국, 그리스, 터키 [등에] 업무와 관계되어 담배 사러 갔지. 구십오년 인가 미국 담배 사러 간 거지. 그리스와 터키 쪽에는 담배잎이 콩잎과 만큼 작은 거고 미국은 우리보다 [담배잎이] 훨씬 크지요. 그런데 미국 담배는 향기미(담배 향료) 용으로 사고 그리스와 터키 담배는 맛을 내기 위해 사지. 미국 수매장에도 가 봤는데 우리보다는 훨씬 규모가 크지. 심는 거, 담배잎 따는 거 모두 기계로 한다. [그리고 담배잎을] 말리는 거도 기계로 하지. 가져 가는 것도 큰 추럭에 실어 가지. 보통 수십 에이커[21]를 경작하니까 말도 못할 정도로 크지. 어떤 사람은(담배 농가는) 사만~오만 키로그램까지 [일 년에 담배잎을] 생산하지. 미국은 수매가 아니고 경매로 [잎담배를 산다]. 본인이(생산 농가가) 담배잎을 가져와 가지고 경매장에 갖다 놓으면 경매사들이 "이거는 얼매(얼마)에 사겠다" 고 불러서 [구입한다]. 경매자가 누군가 하면 우리 같으면 원료공장이다. [우리가 직접 담배 원료를 구입하는 것이 아니고] 수입상사 또는 가공상사에서 경매로 담배 원료를 구입해서 가공한 뒤 우리인데 파는 거지. [그리스나 터키는] 담배가 틀리니까 [경작 규모도 미국과는 다르다]. 담배잎을 실에 끼어서 말린다니까. 왜냐면 거기는 일조시간이 길고 우기(雨期)가 없거든. 여름에 우기가 없으니까 쨍쨍한 햇빛에 [담배잎이] 쪼이고, 쪼이고 해서 담배향이 굉장히 높아요. [이런 환경에서 자란 담배잎을] 따와 가지고 실에 끼워서 [햇빛에 자연 건조를 하지]. 거기는 사람 손으로 [모든 일을] 하지. 러시아 사람들이 일하러 많이 와 있었다. 터키에 가면 이지미르(Izmir) 시[22]가 있는데 여기에 담배공장이 집중되어 있고, [주변 지역에] 생산 농가도 많다. 여기는 비가 안 오니까 [토양에] 필름을 덮을 수도 없지. 그리스나 터키에서 [생산되는] 담배잎은 세계적으로 [수출하지]. 지금도 [터키나 그리스 잎담배를 사기 위해] 우리나라 주재원이 가 있어요. 딴 데는 [이런 특성을 갖는 잎담배가] 생산 안 되기 때문에 전 세계 국가가 수입해 가지.

인간관계

전매청 농업직은 전체 교육을 하니까 일 년에 반드시 한 번은 다 만나게 되어 있어요. 과거 인원이 많을 때는 한 달 동안 교육을 시켰다. 그러면 전부 다 모이니까 만날 수 있는 기회가 생기고 단합이 잘되지. 서로가 정보를 주고받아서 도움이 되고, 이야기를 나누지. [지금도 KT&G가 농업직을] 별도로 뽑고 있다. 지금은 대졸(대학교 졸업자) 아니면 들어가지 못한다. 지금은 탄탄하고 안정적인 회사가 없으니까 [사람들이] 공사를 좋아하지. [퇴직 후에도] 전화 걸면 항상 연결되지. '전농회' (전매청 농업직 모임)캐 가지고 각 지역마다 다 있다. 팔십 넘은 사람들이 있는데 [이분들은] 명예회원으로 [회원 자격을] 유지한다.

주

1. 박정애 선생은 전우회 민완식 사무장을 통해서 알게 되었고, 여러 명의 전매청 퇴직자를 만날 수 있도록 많은 도움을 주셨다. 도움이 필요해서 전화하면 항상 친절하게 말씀해 주시고, 또한 연구난의 일을 잘 이해해 수어 늘 고마움을 느끼고 있다. 많은 사람들을 만나면서 실망과 허탈한 기분이 는 적도 있었지만 선생님을 만날 때마다 인정과 사람에 대한 희망을 느낄 수 있었다.
박정애 선생은 청도군 신천면 신지리에서 1945년 12월에 출생하여 고향에서 중학교를 졸업하고 대구로 와서 상업고등학교를 다녔다. 졸업과 동시에 대구 연초제조창 공채 일회로 입사하여 생산직과 사무직 일 모두를 경험하였다. 특히 1960년대~1970년대 전매청의 인원 모집의 과정, 노동의 관리, 기계화와 관련된 일련의 변화, 탁아소 등에 대한 내용은 전매청과 김기홍 어른의 생애사를 이해하는 데 도움이 될 것으로 판단하여 부록으로 첨부한다.

2. 낱개(혹은 개비) 담배를 갑에 넣는 일을 말한다.

3. 김기홍 어른도 삼층에서 포장된 담배 제품을 실어 나르는 일을 하였고, 이 일을 하면서 여자 직원들과의 관계를 구술하였다.

4. 지금은 정확한 담배갑 수는 기억을 못한다고 말하였다.

5. 밤 10시부터 아침 8시까지를 말하고, '여유'라는 표현을 사용했지만 이 시간은 다음 날 일하기 위해 에너지를 보충하고 그리고 여성들은 가족을 챙기고 집안의 자질구레한 일을 하는데 이용된 다른 형태의 일이었다.

6. 주로 일부 명사 앞에 쓰여 생활비를 아끼며 규모 있는 살림을 한다는 뜻이다.

7. '하'는 많이·크게·매우·대단히와 같은 뜻으로 쓰는 말이며, '도'는 '하'를 강조하는 말이다.

8. 사채업자나 개인으로부터 돈을 빌린 대가로 지불하는 이자율을 말한다. 원금을 돌려받지 못할 위험이 제도권의 금융기관보다 크기 때문에 이자율이 상대적으로 높다.

9. 박정애 선생이 쓴 '할머님 전상서'의 글 속에 6·25 때 학도병으로 참전하여 전사한 아들에 대한 할머니의 애틋한 마음을 기술하고 있다. "슬하에 오남매를 두셨지만 어린 셋을 잃었고, 작은 아들은 육이오사변 때 학도병으로 참전하여 전사하였기에 할머니의 여생은 늘 고적했던 것입니다. 작은 아들의 전사통지서를 받았지만, 세상이 잠잠해지면 아들이 꼭 돌아오리라고 믿으며 살아 가셨던 나의 할머니 썼기에 조그마한 소리통(트랜지스터 라디오)이 세상일을 다 알고 있을 것으로 여겼던 것입니다."

10. 박정애 선생이 직접 쓴 '신났던 육이오 그후 슬픔'과 나의 근로현장 30년'의 일부를 아래에 첨부한다.

"어릴 적 한적한 시골 외딴집에 언제나 나는 혼자 놀았다. 동네와는 200m쯤 떨어진 외딴 집이었고, 그나마 가장 가까운 이웃엔 내 또래가 없었다. 이 외딴 곳에 어느 날 갑자기 짐을 지기도 하고 머리에 이기도 한 사람들이 한마당 들이닥쳤다. 그들 중에는 나같이 어린아이도 있고 경상도 말이 아닌 이상한 말들, 어린 나로선 도저히 알아들을 수 없는 말로 하지만 나는 여간 신나는 일이 아니었다. 헛간채에도 친구가 있고 사랑채에도 방방이 사람들이 가득하였다. 안채에도 대청마루 밑바닥에도 어느 한 곳도 사람이 없는 곳이 없었다. 강가에 가니까 강변 곳곳에 돌을 쌓아 사람이 살고 눈 닿는 곳마다 사람 천지였다. 큰댁에 가니까 역시 우리 집처럼 많은 사람이 있었다. 먹지도 못하는 각종 풋과일이 달린 나무엔 애들이 달려들어 어느 것 하나도 남겨 나질 않지만 나는 이런 신나는 일들이 너무 좋았다. 우리 집 뜰 안에 아이들만 해도 병정놀이 술래잡기 아침 저녁 때를 가리지 않고 산으로 들로 놀러 갔다가 우리 집 한울타리로 돌아와 놀 수 있는 게 마냥 신이 났다. 얼마의 시간이 지났는지는 모르지만 처음처럼 이고 지고 떠날 준비를 하고 애들도 엄마 아빠를 따라 떠날 채비를 할 때 나는 무슨 영문인지 몰라 떠나고 나면 그 기다림이 두려워 그렇게 가려는 친구들을 붙들고 울었다. 전쟁의 아픔이 나에게는 신나는 유년시절이었다. 나중에 안 일이지만 소백산 줄기를 따라 침투한 북한군이 운문산을 거점으로 포진하고 있었던 관계로 우리 마을 앞 뒤 야산에 군막을 치고 군인들이 몇 달이나 산에 꽉 차 있었다. 그때만 해도 재봉틀이 귀한 시절이라 군인들이 매일 우리 집을 들락거렸다. 엄마께 군복을 수선 하려고 온 군인들을 돕기 위해 농사일에 바쁘신 엄마는 밤늦도록 틀일을 하셨고, 군인 아저씨들은 올 때마다 건빵을 가지고 와서 나에게 주었다. 덕분에 항상 건빵이 많아 어려운 시절 군것질이 떨어지질 않았다. 여름철 뙤약볕에서 엄마가 옷수선하는 동안 군인 아저씨가 가끔 밭일도 해주신 기억이 난다. 외국(미국)에서 원조온 구호 물자 빈 봉지에 샘물을 넣어 군인 아저씨끼리 마당에서 배구를 하다 물벼락을 맞는 것이 내 눈에는 재미있고 신났다. 몇 달 후 부대가 이동하고 벌거숭이 민둥산에 총알 껍질 전깃줄 그들이 남겨두고 간 군수물자 폐품들을 오빠 따라서 주워 다니다 엄마께 실탄이 탄로되어 혼난 일도 기억이 난다. 폐품을 엿장수에게 가서나면 엿을 많이 준다는 유혹에 아이들은 온 산을 헤집고 다녔다. 어른들의 걱정은 아랑곳없고 그저 나만이 신났던 시절이었다. 훗날 안 일이지만 징집영장도 없이 학도병으로 입대한 삼촌은 한 통의 편지도 없이 영영 소식이 끊어졌고 아침마다 머리를 감고 몸단장하시어 장독대에 물을 떠놓고 아침 해를 향해 빌고 계시던 할머니 모습은 삼촌이 전쟁 중 무사하시길 천지신명께 비는 피 말리는 모정의 염원인 줄은 많은 세월이 흐른 후 안 사실이다. [그리고] 산 밑에 동네라 낮이면 경찰이, 밤이면 인민군들이 와서 잠을 못 주무신 아버지의 맘고생이 이만저만이 아니었다." (「신났던 육이오 그후 슬픔」)

"1966년 3월 2일이 첫 출근 일자이니 올해(1996년)로 나의 직장생활은 꼭 삼십 년을 넘겼다. 졸업시험이 끝나고 교복 차림으로 치룬 입시시험. 교복을 벗자말자 입사한 홍안의 소녀였던 내가 아이들의 혼사를 걱정할 만큼 세상을 살아오면서 직장생활을 해왔다.
처음 입사할 때 새마을 노래, "잘 살아보세"란 노래가 전국에 메아리친 것처럼 근로현장에서도 지칠 줄 모르고 열심히 일했다. 세월이 빠르게 간다는 건 나와는 무관

한 것처럼 하루 13~14시간 근무, 한 달에 쉴 수 있는 한두 번의 일요일. 집에 오면 또 나의 일이 기다리고 있다. 그런데 그 한 달 한 달이 빨리 가는데 즐거웠다. 세월과 함께 셋방이 전세로 전세방이 자택이란 문패를 달기까지 일한 보람이 있었다. 지금 (1996년)의 50대는 해방, 6·25, 보릿고개로부터 최첨단 문명의 이기까지 누리면서 살고 있다. 전후 어려웠던 시절 보리밥이라도 배불리 먹을 수만 있었으면 하던 소시민의 바램이 있던 것이 그리 먼~ 옛날이 아니다. 우리가 경험한 어려웠던 시절을 내 아이들은 얼마만큼 이해할 것인가?'(「나의 근로현장 30년」)

11. 1970년대 초반부터 2000년까지 30년 동안 전매청의 잎담배 수매와 검사일을 하신 김이수 선생의 구술 내용이다. 김이수 선생은 박정애 선생의 소개로 알게 되었고, 2006년 8월 8일 범어로타리에 위치한 뉴영남호텔 커피숍에서 처음 만났다. 약 2시간 동안의 면담을 통해 선생의 개인사와 담배 농가와 수매 등에 관한 이야기를 들었고, 이후 3회에 걸쳐 구술 면담을 하였다. 이 가운데 잎담배 농사와 수매에 관한 개인적 경험은 기록해 둘 만한 가치가 있고 또한 전매청을 이해하는 데 도움이 될 것으로 판단하여 부록에 포함시켰다.

김이수 선생은 1942년 경상북도 영천시 청통면 우천동에서 출생 하여 중학교를 졸업할 때까지 고향 마을에서 살았고, 이후 대구로 나와 대구농림학교를 다녔다. 이 기간 동안에 선생은 6·25와 피난민, 4·19 혁명, 2·28(1960년 2월 28일) 등을 경험하였고, 현재(2006년)에도 대구농림학교 동기들과 같이 2·28 기념탑을 찾아간다고 했다. 1963년에 입대하여 9사단(동두천)에서 근무하였고, 제대 무렵 부대원들이 맹호부대의 일원으로 월남에 파병되었다. 그리고 전역 후 공무원 시험을 쳐 합격한 뒤 농촌지도직으로 사회생활을 시작하였다.

12. 모토는 살아 나가거나 일을 하는 데 있어서 표어나 신조 따위로 삼는 말.

13. 미국은 우리보다 큰 사백 내지 오백 킬로그램 통을 사용한다.

14. 국제금융기금(International Monetary Fund, IMF)의 약자로, 우리나라는 1987년 12월 금융위기를 맞이하여 국제금융기금의 재정적 도움을 받게 되었다. 자본을 우리나라에 공급해 주었지만 자신들이 원하는 방향으로 국가경제와 기업의 구조·제도를 변화시킬 것을 강요하였다. 이로 인해 많은 사람들이 직장을 떠날 수밖에 없었다.

15. 2006년 8월 17일 예천군 보문면 작곡리(예천 IC에 인접한 마을)의 한 농가의 담배 농
    사 일정을 기록하였다. 한두용(57세, 8년 동안 농장을 하다 작년에 그만두고 농사일
    만 함) 부부는 4월 20일경까지 온상에 기른 담배 모종을 밭으로 옮겨 심는다. 6월 말
    경에 담배 잎을 처음으로 따기 시작하여 8월 초까지 5~6회에 걸쳐 잎을 딴다. 수확한
    담배잎은 건조하여 예천엽연초 생산협동조합을 통해 전량 판다. 8월 초 잎을 모두
    딴 담배 줄기를 뿌리 부분까지 자른다. 이후 담배를 심은 밭에 단무지 씨앗을 심어 10
    월 말경 서리가 내리기 전에 수확한다. 10월 말경부터 다음해 4월 하순까지 담배 밭
    을 비워 둔다. 아직까지 다른 작물에 비해 담배 농사가 수입이 좋기 때문에 계속하고
    있다. 담배는 가뭄에 잘 견디고 농약을 많이 사용하지 않는다. 그리고 같은 밭에 담
    배를 지속적으로 재배해도 큰 문제가 없다. 그러나 무더운 여름(6월 말에서 8월 초까
    지)에 담배 잎을 따야 하기 때문에 힘들다. 부인(54세)의 말에 의하면 현재 4,500평
    (15마지기, 밭 1마지기는 300평으로 계산)의 밭에 담배를 농사를 짓고 5,000평(25마
    지기, 논 1마지기는 200평으로 계산)의 논에 벼농사를 부부의 힘만으로 농사를 짓고
    있다.

16. 과거 잎담배 생산은 전적으로 육체 노동력에 의존하였다. 1970년대 기계화와 전업
    화가 진전됨에 따라 농가당 경작 면적은 늘어났지만 담배 농가와 농민 수는 줄었다.
    농촌의 노령화로 인해 농가의 일손이 빠르게 감소하고 있다. 현재(2006년) 담배 농
    사를 짓는 사람들의 평균 나이는 50대 중반이며, 70대 이상 되는 사람도 상당히 있
    다. 대체로 70대 중, 후반으로 가면 담배 농사일을 하기가 힘들어 진다. 현재 농촌에
    서 50대 후반 혹은 60대 초반의 사람들은 젊다고 한다. 이농과 저출산 현상으로 미래
    담배 농사를 짓을 사람이 지속적으로 줄어들 것으로 예상하고 있다.(박이락 KT&G
    경북원료사업소 소장, 2006년 8월 17일)

17. 전통적으로 새끼로 엮은 잎담배를 건조실 천정에 매달아 놓고 불을 피워서 온도와
    습도를 조절히면서 말렸다. 담배잎을 말리는 일은 "담배가 선소되기 전에 사람이
    먼저 건조된다"고 할 만큼 힘든 작업이었다. 1970년대 후반 석유를 사용한 벌크 건
    조기가 농가에 보급되면서 담배잎을 건조하는 일은 한결 쉬워졌다.

18. 담배는 품종에 따라 잎의 향미(香味)·탄성·연소성 등이 다르며 그에 따라 용도도

달라진다. 또 종류에 따라 재배 적지(適地)가 대강 결정되며 재배부터 수확 후 잎의 처리까지 각각 다른 재배법이나 조제법이 실시된다. 품종은 크게 황색종·벌리종·재래종·잎말음종·오리엔트종으로 나뉜다. 황색종은 수확한 잎을 건조실 안에 매달아 건조시켜 선명한 귤색 또는 엷은 노랑으로 마무리한다. 1909년 대구·대전시험장에서 좋은 성과를 얻은 뒤 충주지방을 중점 재배단지로 지정하였다. 오늘날에는 안동지방도 주요 산지이다. 벌리종은 원래 아메리카의 재래종에서 돌연변이로 생긴 것으로 엽록소가 적은 품종이다. 향미가 뛰어나며 특유한 맛이 있는 이른바 아메리칸 타입의 종이말음 담배의 향미료 품종이다. 한국에서는 1912년 대전에서 처음 재배하였으나 성공하지 못하고 1960년대에 전주시험장에서 다시 재배한 결과 성공하여 현재는 전라도가 주요산지가 되었다. 재래종은 한국에서는 1920년대까지 주종을 이루던 품종으로 90여 종에 달한다. 품종명은 형태·향기·재배지명 및 전래된 나라에 따라 다양하게 부른다. 1920년대에는 서초·금강초가, 1940년대에는 향초(香草)·가자초(茄子草)가, 1960년대에는 가자초가, 1970년대에는 광초(廣草)가, 1981년까지는 향초가 주로 재배되었다(http://kr.dic.yahoo.com).

19. 덮어 주는 자재를 멀치(mulch)라고 하며, 예전에는 볏짚·보릿짚·목초 등을 썼으나, 오늘날은 폴리에틸렌이나 폴리염화비닐 필름을 이용한다. 토양 침식방지·토양 수분 유지·지온 조절·잡초 억제·토양 전염성 병균방지·토양 오염방지 등의 목적으로 실시된다. 토양 수분 유지의 효과는 건조한 토양에서 또는 비가 적게 내리는 지역에서 효과가 크다. 지온에 대한 효과는 계절과 자재에 따라 다르다. 가을에서 봄 사이의 저온기에는 지온을 높여 주는 투명 필름을 사용하여 생육을 촉진시키고, 여름의 고온기에는 볏짚·목초 등으로 지온을 낮추는 것이 좋다. 흑색 필름은 지온 상승효과는 작으나, 햇빛의 투과량이 제한되므로 잡초종자의 발아나 생육을 억제하는 효과가 크다. 최근에는 지온을 상승시킴과 동시에 잡초의 생육은 억제시키고 특정파장의 빛만을 통과시키는 필름, 제초제를 바른 투명한 필름이 개발되었다. 멀칭은 노지(露地)에서 잎담배·고추 등의 재배에 이용될 뿐 아니라 하우스 등의 원예시설에서도 이용된다(http://100.naver.com).

20. 밭과 밭 사이에 길을 내려고 흙으로 쌓아 올린 언덕을 칭한다.

21. 1에이커(acre)는 4,840 yd2(제곱야드)이다. 1에이커는 4,840 X 0.9144m X 0.9144m
    = 4,046.856 m2(제곱미터)이며, 약1200평이다(tp://blog.naver.com/vannews).

22. 이지미르(Izmir)는 터키의 서쪽에 위치한 항구 도시이며, 또한 상업과 공업의 중심
    지이다. 섬유산업이 발달해 있고, 식품과 담배가 가공되고 있다. 도시의 이름을 붙인
    이지미르 담배도 있다.